Cuestión de honor

Cuestión de honor

Alana Machado

Título original:

Cuestión de honor

© Alana Machado

ISBN: 978-1-967040-45-2

1ª edición: 2025

Diseño y composición: Stilo Media

Impreso por Stilo Media

stilo.media

CONTENIDO

Capítulo 1

Sentada sola en una fría sala del Hospital Saint Thomas, en Londres, Sara Stanford mantenía la mirada perdida en la pared frente a ella como si en aquella superficie blanca pudiera hallar una respuesta. Su hermana pequeña había muerto. Muerta. La palabra se repetía en su cabeza como un eco insoportable y aun así no lo aceptaba. Tras la muerte de sus padres en un accidente de tráfico, Libby había quedado a su cuidado, era su razón de ser. Estaban unidas de un modo casi indestructible... Hasta que Libby conoció a Marcus Walts y con él la distancia que poco a poco fue quebrando aquella unión, hasta que decidió marcharse con él.

—Perdone usted, señorita Stanford, pero es necesario que conversemos para realizar los trámites requeridos en estos casos y comenzar los funerarios.

Aquella profunda voz logró despertarla de su ensimismamiento. Alzó la mirada y se encontró con la figura de un hombre. Sara lo reconoció al instante: lo había visto en los periódicos financieros y en las revistas del corazón. Sin embargo, el hombre que la observaba desde su altura no parecía tener nada en común con esa imagen pública.

Aun así, supo que era Alexander Walts, hermano de Marcus Walts. Como siempre ocurría al escuchar el apellido Walts, su instinto de supervivencia se activó de inmediato. Sin embargo, al tenerlo frente a sí y contemplar su imponente figura, algo inesperado despertó en su interior, empujándola a observarlo con una atención más profunda.

Medía cerca de dos metros, con el cabello negro como la noche y un rostro esculpido por los dioses. Admitió para sí misma que era un hombre muy atractivo, irradiando una seguridad que se imponía en todo el lugar. Lo que más la cautivo fueron sus ojos: dos gemas oscuras cuya miraba recordaba a un felino acechando a su presa en las tinieblas. Su porte revelaba lujo y poder.

Luego de superar la sorpresa inicial de tenerlo frente a ella, comenzaron a aflorar las emociones contenidas que sentía en su interior hacia esa familia. Consciente de su desliz, se apresuró a preguntar:

—¿Es usted trabajador social del hospital o el encargado de realizar los trámites funerarios de la localidad?

Si la actitud de Sara lo incomodó, no dejó que se notara en sus gestos. Solo su tono de voz lo traicionó: ya no sonaba tan amable como la primera vez que le habló.

—La respuesta es no a ambas preguntas. Si ha existido un malentendido, la culpa es mía por no presentarme. Mi nombre es Alexander Walts y soy el herma...

Ella lo interrumpe:

—El hermano de Marcus. Pero no entiendo cómo sabe mi nombre

Él hizo una pausa. Le costaba asimilar que alguien se atreviera a interrumpirlo.

—Los empleados del hospital que la recibieron me informaron dónde se encontraba y me dieron su nombre.

—¿Puedo saber específicamente para qué me busca?

—Como ya le dije, necesitamos realizar los trámites para agilizar el funeral de ambos cuerpos y para ello...

Ella volvió a interrumpirlo.

—¿Por qué usted asume que voy a enterrar a Libby junto a su hermano?

Alexander hizo una pausa. Introdujo las manos en los bolsillos de su pantalón y la observó.

—Escúcheme, señorita, no hay que ser muy listo para reconocer un marcado cinismo en cada una de sus palabras. Comprendo perfectamente que esté afectada por esta situación como lo estamos todos, permítame decirle que mi intención no es más que...

—No... ¡No quiero que me diga nada! Solo escúcheme usted a mí

Se levantó bruscamente de la silla, que cayó al suelo. Caminó unos pasos y se paró frente a él.

—No tengo ningún interés en saber cuál es su intención. Realmente no me interesa saber nada más de usted porque con lo que sé es más que suficiente.

Alexander, impávido y ecuánime, le responde tranquilamente

—No comprendo su actitud, usted no me conoce, por lo tanto, nada puede saber de mí.

—Es cierto, no nos conocemos, pero sus acciones hablan por sí solas y demuestran que tras esa fachada de hombre íntegro y respetado se esconde el ser más egoísta, engreído y autoritario que he conocido en mi vida. Interfiere en la vida de las personas que lo rodean para que actúen a favor de sus propósitos... ¡Lo odio! ¡Lo detesto! Para mí, de una forma u otra, usted ha tenido que ver con la muerte de Libby y de su hermano. Así que no venga a darme explicación alguna. Sepa que yo no formo parte del mundo que usted dirige y maneja a su antojo, por lo tanto, excluya a mi hermana y a mí de su red de manipulaciones.

La furia y el odio transmitidos en cada palabra la liberaron del peso y el resentimiento que sentía.

Cuando quiso apartarse, Alexander la sujetó por el brazo. Ella, al saberse atrapada, forcejeó para liberarse de aquella prisión, lo que no hizo, sino incitarlo a estrecharla con mayor vehemencia.

—Escúcheme señorita, su discurso ha sido muy ingenioso, lo admito, pero ahora me corresponde a mí hablar. Créame, tampoco me resulta grato tratar con personas como usted o su hermana que disfrutan de utilizar a hombres débiles como Marcus. Él no fue más que una marioneta en manos de la de ambición de ella. Comprendo que me guarde cierto resentimiento porque no me dejo embaucar tan fácilmente. Sin embargo, mi ofrecimiento de ayuda fue sincero, aun conociendo el temple sin escrúpulos de su hermana... y desde luego el suyo.

El desprecio de aquel hombre al referirse a su hermana, le dio la fuerza para liberarse de su agarre. Una bofetada resonó en aquel rostro como un trueno en medio de la tormenta.

La sorpresa inicial de Alexander al sentirse agredido se transformó de inmediato en una reacción defensiva. La sujetó nuevamente, esta vez por los hombros con un agarre más firme e imperioso, forzando la cercanía de sus cuerpos hasta fundirlos en una sola presencia.

Ella por su parte, temerosa ante la reacción del hombre, aturdida por la fuerza bruta que sometía su cuerpo y sorprendida por la intensidad de su propia agresividad comenzó a experimentar pequeños estremecimientos que recorrían todo su cuerpo cerrando sus ojos por un instante para no enfrentar lo que se le avecinaba

Él percibió los espasmos de la joven a través de las barreras de la ropa, pero su indignación era tan intensa que nublaba su mente e impedía que emergiera el caballero educado y cortés que solía ser. En cambio, sintió una perversa satisfacción al verla y, llevado por un impulso, intensifico el agarre para convertirlo en una tortura mayor.

Observó su rostro buscando una respuesta pero lo que encontró no fue solo miedo sino una mezcla de sorpresa y curiosidad. Al bajar la vista se acercó lo suficiente para notar la respiración entrecortada y el tenue olor a sal de su piel, ella, pese al sobresalto, no apartó la mirada. En ese instante ambos entendieron la línea que no querían cruzar: se aproximaron con cautela, midiendo deseos y límites, hasta que sus labios casi se rozan en un gesto compartido y consiente.

Los sentimientos que surgieron de aquel contacto suavizaron el abrazo. Su corazón latía con rapidez y un calor recorrió toda su piel. Sus manos percibieron la agitación creciente del otro cuerpo, y esa reacción provocó una respuesta inmediata en él, reflejando la intensidad del momento.

Alexander, con un movimiento brusco, la hizo perder el equilibrio, dejándola apoyada contra la pared, con los ojos bien abiertos por la sorpresa. El firme y frío agarre de aquel hombre le impactó pero el tono áspero de voz le indico el esfuerzo que hacía su agresor para contener el control.

—Este incidente me ha hecho perder los estribos, por eso me resulta imposible razonar o tratar este asunto con usted. Le recomiendo mantener las distancias.

Él se dio la vuelta, levantó la silla que aún estaba en el suelo y, sobre ella, dejó una tarjeta.

—Aquí tiene la tarjeta de mi abogado para que pueda informarle sobre los trámites que usted decida realizar. Buenas tardes.

Se marchó sin mirar atrás y Sara quedó allí mucho más confundida que antes.

CAPÍTULO 2

Era una mañana fría de febrero. Las calles estaban aún mojadas por la densa lluvia que había caído la noche anterior.

Sara iba sentada en la parte trasera del auto que pasó a recogerla para ir al cementerio. Miraba por la ventana sin ver nada, sumida en sus pensamientos. Todo había sido tan rápido y confuso... El dolor de saber que se dirigía al entierro de su hermana la hizo revivir su último encuentro.

—¡Siempre es lo mismo contigo! Cuando más te necesito, dices que no haga esto o aquello. ¿No te das cuenta de que ya no soy una niña y yo decido qué hacer con mi vida? —le reprochaba Libby, enfadada.

—No entiendes nada. Pienso que tu decisión es muy apresurada. Solo hace unos meses que conoces a ese tal Marcus, que por demás es tu jefe. Eso te puede traer problemas en el trabajo. Lo que se habla de él y su familia en las revistas y periódicos los han hecho célebres. Los escándalos amorosos de su padre, de su hermano y de él los han hecho famosos. Tú no perteneces a ese mundo, por eso te aconsejo que esperes un poco.

—¿Esperar a que él se canse de mí y se busque otra? Ya te lo he dicho, él no es una mala persona. Está forrado en plata y eso es lo que yo busco: un hombre que mantenga mis gustos, que me regale joyas, que me dé la vida que yo sola, ni trabajando toda mi vida, lograré tener. ¡Ahora escucha! Nada ni nadie me va a separar de él. Eres idéntica a su hermano; desde que se enteró de que estaba saliendo con Marcus ha hecho de todo por acabar con la relación. Por eso lo odio. Se ha negado a ayudar a Marcus solo porque no me ha abandonado, pero las pagará.

—¡Escúchate cómo hablas! De dinero, de una vida llena de lujos, de joyas, de venganza... ¿Y el amor, Libby? ¿Dónde lo dejas? ¿Dónde dejas el amor? No sé por qué eres así. Traté siempre de inculcar lo que papá y mamá me enseñaron de la vida, de la familia, del amor que había entre ellos. Tienes que recordar cuánto se amaban.

—¿Y de qué les sirvió? Al final no tenían nada, vivíamos al día, y yo no quiero eso para mí.

—¡Basta ya! ¡No hables así! ¿Pero en qué te has convertido? ¡Dios mío! ¿En qué me equivoqué? Yo he dado mi vida por ti, para que fueras una bella mujer no solo por fuera... y mira cómo actúas. Te acuestas en la primera cita con el mayor playboy de la ciudad, y sin conocerlo te vas a vivir con él. Eso no fue lo que te enseñé. Quería que te respetaras y te valoraras como mujer...

—Ese es tu problema, entiéndelo. A partir de hoy te libero de esa responsabilidad. Voy a tomar mis propias decisiones: si me equivoco, he sido yo la única culpable; si triunfo, he sido yo la que ha ganado. Pero déjame seguir con la vida que escogí para mí y no la que tú tienes. Si no estás conforme con ella, es tu momento de ser libre. Búscate un marido que tenga un trabajo de nueve a cinco, que sea tan aburrido como tú. Eso te hará feliz, pero a mí no. Voy a seguir con Marcus, me voy a vivir con él. Me ama, me lo ha dicho y me lo ha demostrado.

Estoy harta de esta casa, de esta vida y de ti. Me has cuidado, sí, es verdad, pero resulta que no te ha quedado de otra y no me lo saques más en cara. Siempre sentiste envidia de mí porque yo era la preferida de mamá. A ti no te quedó más remedio que cuidarme, pero eso se acabó. ¡Soy libre al fin!

Diciendo esto, cerró su maleta y se fue.

La que acababa de marcharse era un monstruo envuelto en la perfección de un cuerpo femenino, pero un monstruo al fin. Sara recordó la tristeza y la desolación que sintió aquel día, sentimientos que solo serían superados por el vacío absoluto que experimento cuando recibió la noticia de su muerte.

Esa fue la última vez que la vio con vida. Pasaron los días, que se convirtieron en meses, y Sara trató de ponerse en contacto con Libby, pero no respondía sus llamadas. En *El Tropical*, nombre del casino donde trabajaba, le informaron que ella y Marcus estaban de viaje. Comprendió entonces que todo lo que le había dicho era verdad: no quería saber nada de ella. Con ese dolor salió de aquel lugar invadida por la angustia.

—Hemos llegado, señorita Stanford.

La voz del chofer la arrancó de sus pensamientos y la devolvió a la realidad.

—Permítame unos minutos, por favor.

—Como desee, señorita.

Sara miró a través del cristal y a unos metros divisó el lugar preparado para celebrar el ritual fúnebre de los dos cuerpos. Le pidió al chofer esperar para recuperarse. Sabía que le esperaban momentos difíciles, de profundo dolor, tristeza y frustración.

Tuvo que aceptar el ofrecimiento de la familia Walts para el entierro de su hermana. Al abandonar la morgue aquel día, tras el desastroso encuentro con Alexander Walts, se puso en contacto con el abogado Adams Preston, un hombre mayor, pero agradable que la trató con respeto. Le informó de que el costo del funeral era muy elevado y de que la familia Walts no tenía inconveniente en ayudarla con ese servicio. Sara aceptó, ya que no contaba con recursos para cubrirlo, y entendió que, de alguna manera cumpliría el último deseo de su hermana: estar junto a su pareja en ese último adiós.

Observó el grupo de personas que la esperaban para comenzar la ceremonia. Divisó a lo lejos una alta figura que sobresalía del grupo, mirando hacia el auto. Le dijo algo al señor Preston, quien inmediatamente se dirigió hacia ella. La ayudó a salir y la saludó.

—Permítame acompañarla en el funeral y luego llevarla a la casa de la familia Walts para la lectura del testamento.

—Agradezco mucho sus atenciones y valoro su compañía. Me siento sola, Libby era mi único familiar. Sin embargo, disculpe si rechazo el ofrecimiento de ir a la casa de los Walts. Libby no era la prometida oficial de Marcus, y no veo motivo de estar presente allí. No obstante, le agradecería que me facilitara el auto para regresar al finalizar la ceremonia.

—Como usted desee. Le informaré su decisión al señor Walts.

Ambos se dirigen al grupo de personas que ya ocupaban sus asientos. Se sentaron en la segunda fila, mientras la primera era ocupada por la familia Walts.

Alexander tomaba de la mano a una mujer incontrolable, que Sara supuso era la madre de Marcus. Al final de la fila había otra mujer mucho más joven que ocultaba el rostro tras un sombrero pero que no dejaba de mirar al señor Walts.

Sara fijó la vista al frente y divisó el féretro de su hermana. Tenía un hermoso ramo de rosas blancas. Lágrimas corrían por su rostro como un río interminable

El sacerdote comenzó la ceremonia y, cuando acabó de hablar, todos se pusieron de pie para saludar a la familia. Sara aprovechó el momento para despedirse del cuerpo de su hermana. Luego se retiró al auto para alejarse de aquel lugar y llorar sola en su casa.

CAPÍTULO 3

Eran las diez de la mañana. Sara estaba sentada frente al escritorio donde ejercía como secretaria de la directora general de una pequeña compañía de publicidad, su mejor amiga Roset Kirwan. Tomó un descanso para relajar los músculos del cuello. Desde que llegó esa mañana intentó poner al día el trabajo de tres semanas que tenía acumulado.

Aún recordaba la llamada que recibió en su móvil. Un policía le había informado que se presentara en el hospital: había ocurrido un accidente y su nombre y teléfono los portaba una de las víctimas de la catástrofe.

Le informó a Roset lo sucedido y esta se ofreció de inmediato a regresar a la ciudad. Sentía mucho no poder estar allí; se encontraba fuera por cuestiones de negocios. Sara se negó, por lo que su amiga le indicó que se tomara el tiempo que le hiciera falta. En ese momento estaba comenzando su rutina laboral.

Sonó el teléfono de la oficina y se escuchó la voz de Rose al otro lado de la línea.

—¿Cómo te ha ido la mañana luego de irme? Te dejé tras una montaña de papeles.

—Todo ha estado tranquilo. Realmente me ha ido bien. En estos momentos lo que necesito es mucho trabajo; así podré dedicar tiempo a cosas útiles y no pensar en algo que me haga daño... Nada, amiga, lo que necesito es trabajo, mucho trabajo. No te preocupes por mí, estoy bien... de verdad.

—No sabes lo que me alegra saber que te encuentras bien y que no has caído en depresión... Ahora pasando al tema del trabajo, que es el otro motivo de mi llamada: tengo una cita sumamente importante, un posible cliente. Necesito que asistas a esa entrevista en mi lugar pues me será imposible llegar a tiempo. Ya sabes lo crucial que es para este negocio la adquisición de nuevos usuarios, por eso pensé en ti... Si logras atrapar este contrato, nuestra empresa tendrá la oportunidad que tanto hemos esperado para expandirnos. Por eso si la expansión se concreta necesito una directora adjunta que comparta la carga de trabajo conmigo. Pienso que eres la persona más cualificada para este puesto. El salario será un cinco por ciento de las ganancias, más el básico. Estoy convencida de que tu capacidad y tus conocimientos están sud-valorados con tu puesto actual por eso te hago esta propuesta... Este es el momento de dar un gran salto profesional.

—¡Gracias, amiga! Sinceramente, no sé qué hubiese sido de mí sin tu presencia en mi vida... Siempre me has ayudado en todo. Aun sin la propuesta del ascenso, cualquier cosa que me pidas considéralo hecho.

—Lamento que nunca aceptaras mi ayuda cuando tenías a Libby a tu cargo; se lo debía a tus padres. Ellos fueron maravillosos con mi familia y tú eres la hija que no tuve. El puesto te lo ofrezco por tu capacidad, no por la familiaridad que nos une. Recuerda que he dado mi vida a este negocio. Bueno, basta ya de sentimentalismo. Ahora revisa los documentos: están en una carpeta de color amarillo sobre mi escritorio. Estudia bien los datos del cliente para que logres cumplir los objetivos de trabajo con el mayor nivel de satisfacción. Puedes irte antes si lo deseas. La cita es en el nuevo restaurante que abrieron en la ciudad. Viste algo fino; no te digo "lindo" porque sé que eres una mujer muy sofisticada. Impacta con tu talento y presencia... Ahora te dejo en paz para que te prepares... No dejes de llamarme temprano mañana; estaré impaciente por saber los resultados. Nos vemos el lunes en la oficina.

Con la adrenalina activa en sus venas por el desafío profesional que le ofreció su amiga, tomó algo ligero en la cafetería del primer piso. Repasó el expediente de su cita y regresó a la oficina a retocar su maquillaje y peinado.

Cerca de las once y media de la noche salió del restaurante con una sonrisa y un nuevo contrato.

La cita fue todo un éxito; los clientes quedaron complacidos con la propuesta de la empresa de Rose. Se sentía feliz. Había logrado su primer contrato. No había defraudado a su amiga y ahora podía aceptar el puesto de directora adjunta con propiedad. Pensó que un nuevo camino se abría en su vida. Con el ascenso en el trabajo se compraría una casita con jardín, un auto nuevo y hasta un perro que sería la perfecta compañía en las largas noches solitarias que le esperaban. ¡Al fin tendría un rayo de luz dentro de la oscuridad que se había abierto en su vida con la partida de Libby!

El lunes llegó al apartamento alrededor de las siete de la noche, muy cansada. Había pasado el día con Rose, ultimando detalles de la adquisición de los dos últimos contratos.

Salió del ascensor concentrada, buscando la llave en su bolso. De la oscuridad de su apartamento salió una persona. Sara se sobresaltó y caminó unos pasos hacia atrás.

—¡Por favor, señorita Sara... no grite! ¡Perdóneme por haberla asustado...! Llevo rato esperándola... Tuve que esconderme para que los vecinos no llamaran a la policía... Me urge hablar con usted.

Sara reconoció por la voz que quien le hablaba era una chica, aunque no logró identificarla. Llevaba una gorra que le ocultaba el rostro por completo, y su ropa tan amplia y suelta hacía imposible discernir si era chica o chico, solo la voz delataba su identidad.

—No te preocupes, este vecindario es tranquilo —Observó de nuevo a la chica y le hizo la pregunta—: Perdón pero no recuerdo tu nombre. ¿Te conozco?

—No, nos conocemos, pero, por favor, déjeme entrar. Estoy cansada...

En ese momento Sara reparó en un bulto que traía en sus brazos y una mochila en el hombro.

—¡Disculpa, pasa!... ¡Qué descortesía la mía!... ¡Adelante!

Abrió la puerta. La muchacha entró. Se sentó en el amplio sofá y, a su lado, dejó con mucho cuidado el bulto. Puso la mochila en el suelo. Se colocó la gorra sobre las piernas. Respiró profundamente, aliviada, como si hubiese estado en un maratón y hubiera llegado a la meta final. Sara se sentó frente a ella en un sillón. Observó su juventud; tendría la edad de Libby. Descubrió en su rostro tal vez cansancio o miedo; no sabría definir.

—¿Deseas algo de comer o beber? —Preguntó Sara—. Pareces cansada.

—Sí, lo estoy... Gracias, pero no.

—Bueno... ¿En qué te puedo ayudar?

La muchacha se irguió en su posición y miró a Sara de forma insegura, como si no supiera por dónde empezar.

—Usted decía que no me conocía... Es cierto... pero yo sí la conozco, mucho más de lo que se imagina... Mi nombre es Leticia Sanson. Fui compañera de cuarto y... la mejor amiga de su hermana Libby.

Al oír el nombre de su hermana, a Sara se le enfrió el cuerpo. Sabía que no le gustaría lo que esa chica le iba a contar, pero no la interrumpió; la dejó hablar.

—Eso fue hasta que se fue a vivir con Marcus Walts... Trabajábamos juntas y nos hicimos grandes amigas. Reunimos dinero y rentamos la habitación donde vivíamos. Fuimos inseparables —la chica se frotaba las manos contra las piernas—. Nos los contábamos todo, por eso conozco sobre usted. Libby no dejaba de mencionarla. Usted, para ella, era el modelo mismo de perfección humana. Yo reía y le decía que... —tragó en seco y tomó aire para seguir hablando— era porque adoraba en usted, y ella solo asentía. Estaba convencida de que su hermana era lo único bueno que le había pasado en la vida, hasta que conoció a Marcus... Cuando se vieron por primera vez, ambos quedaron absolutamente cautivados. Al principio le dije que esa relación no era buena para ella, que iba a sufrir. Él no era de fiar... Se había relacionado amorosamente con más de la mitad de las chicas que trabajaban en el hotel pero ella no me escuchaba.

Leticia no la miraba. Su vista se había quedado fija en un punto, como si estuviese evaluando la situación por primera vez. Sara no la interrumpió, simplemente la dejó hablar. La información que le ofrecía en ese momento era crucial para ella. Por eso, los segundos transcurrían en silencio, solo interrumpidos por Leticia, que seguía sumida en sus pensamientos.

—La realidad es que Marcus había cambiado. No salía tanto de la ciudad y aunque parezca increíble solo Libby era su única pareja... Por eso no le mencioné más el asunto... Un día llegué al cuarto y ella estaba recogiendo. Me dijo que se iba a vivir con él, que ya no trabajaba en el casino, que tenía otro trabajo que le reportaba ganancias, y se marchó... Yo escuchaba que habían prosperado, que viajaban mucho, ella usaba vestidos de diseñadores y joyas hechas exclusivas... Por eso no me preocupé. Realmente eso era lo que ella quería, hasta que la vi un día en el pasillo. Me alarmó lo cansada que se veía y las ojeras en su rostro que aun ni el maquillaje cubría. Inmediatamente le pregunté si estaba enferma. Me contesto que solo estaba cansada, que tenía mucho trabajo y poco tiempo de descanso... La invité, una vez más, a que viniera conmigo, pero se negó rotundamente diciendo que ahora menos que nunca podía abandonar a Marcus... No lo entendí en ese momento, pero no le dije nada más... Pasé mucho tiempo sin verla. Lo que sabía de ella era lo que se comentaba en el hotel y el casino, que para nada era alentador. Ante su silencio intenté localizarla, pero fue inútil; era como si se la hubiese tragado la tierra. No había forma de comunicarnos ni de dejarle recados, así que dejé de buscarla.

Tras una pausa, continuó la chica:

—Hace unas semanas llegué a mi habitación y la encontré esperándome. Sentí una inmensa alegría al verla. Nos abrazamos y la noté extraña: había aumentado de peso, ya no lucía joyas ni ropas caras, ni tenía el glamour del principio. Me explicó que estaba allí para que le hiciera un gran favor: que, si le pasaba algo a ella o a Marcus, la buscara a usted y le entregara esta carta, además de... esto.

Le entregó el bulto de mantas que había a su lado. Sara quedó muy sorprendida al descubrir un bebé dormido, acurrucado entre los paños.

Era un niño pequeño, pero precioso, con pelo negro. Como dormía, no pudo verle los ojos. Pero estaba bien formado; tenía cara de ángel. Sus cachetes eran rosados y tenía una boquita pequeña pero linda. En fin, era bello: su sobrino. Sí, porque se veía que tenía carita de varón; no cabía duda de que esa cosa tan pequeñita y dulce era su sobrino. La palabra la sacó de su retardo... Su sobrino. Sí, tenía en sus brazos a su único sobrino y familiar. Lo único que le quedó de su hermana.

Desde ese momento lo amó. Lo apretó suavemente contra su pecho para transmitir ese amor, para expresarle que nunca lo dejaría solo, que ella estaría allí para él. El bebé debió sentir algo, porque abrió sus ojitos y la miró; le dedicó una ligera sonrisa de satisfacción y volvió a quedarse dormido en sus brazos. Ese fue el momento en que quedaron reafirmados los lazos de amor entre ellos.

—Imagínese, yo quedé tan sorprendida como usted... Cuando vi al bebé no sabía qué hacer. Nunca había cuidado ninguno, y uno tan pequeño, menos... Ella me entregó dinero suficiente para poder arreglármelas por un tiempo. Con el bebé no podía trabajar, pero no podía negarme... Me dijo que le cuidara el niño por unos días, que ella y Marcus tenían que resolver algo en lo que se habían involucrado... pero que, en cuanto todo se arreglara, vendrían por el bebé. En caso de que no fuera así, que se lo entregara a usted junto a la carta y esta mochila, que tiene las pertenencias de ella.

Hubo un silencio. Sara escuchaba a la joven, pero no le quitó la vista al niño. Leticia siguió hablando.

—Al enterarme del accidente imaginé que algo turbio había ocurrido y tomé mis precauciones... Investigue y descubrí que Marcus se había involucrado en algunos negocios que no le habían salido muy bien y que había humillado, extorsionado y robado a personas extremadamente peligrosas. Tengo entendido que pidió ayuda a su familia y, al no recibir ni el respaldo ni la protección personal que necesitaba, lo dejaron a su suerte y estaban huyendo. Por eso ella acudió a mí: quería que cuidara al niño, temiendo por su seguridad No le miento cuando le digo que estoy atemorizada. También se comentó que su muerte no fue un accidente... ¿Puede imaginar el tipo de persona de la que le estoy hablando?

La reacción de sorpresa e incredulidad de Sara al enfrentarse a la noticia de que su hermana pudo haber sido asesinada la dejó paralizada. Su mente luchaba por aceptar lo imposible Respiró profundamente para contener el llanto que amenazaba con brotar, repitió la acción una vez más y logro calmarse.

Su primer pensamiento coherente fue cuidar y proteger al niño, todo lo demás tendría que esperar

Luego de la sorpresa inicial, una serie de preguntas se agolpó en su mente, y no tardó en hacérselas saber a Leticia.

—Si Marcus está muerto, ¿para qué esa crápula quiere al niño? Él no les va a devolver el dinero. ¿Por qué peligra su vida?

—Recuerde lo que le he dicho. Algunas de estas personas quieren recuperar su dinero. La familia Walts es una de las más acaudaladas del país y no solo desean recuperar el dinero sino obtener más, mucho más. Al morir Marcus, su hijo se ha convertido, es su heredero, por lo tanto, según las noticias... — metió la mano en el bolsillo de la chaqueta y sacó un recorte de periódico que le entregó a Sara

—Tal vez la información que transmite este articulo le haga comprender la situación. Para mí tiene su lógica. Se dice que, el día de la lectura del testamento, se habla de un fideicomiso que recibiría un supuesto hijo de Marcus que lo hace muy rico pero aún se desconoce su paradero. Puede que la familia de Marcus desconozca al niño, pero los hombres que perseguían a Libby y Marcus sí saben de él... Por eso le comenté que yo tomé mis precauciones. Andan como perros rabiosos tras algún indicio sobre el paradero del niño... Si lo encuentran, obtienen un material valioso. Ese niño es, por ahora, el único heredero de la familia Walts y eso lo hace aún más preciado ... Como ve, es difícil de asimilar, pero la ambición lleva a esto.

La muchacha se puso de pie con intención de marcharse. Sara le dijo, agradecida:

—Mi hermana no pudo haber encontrado una mejor amiga que tú. Ella, dondequiera que esté, al igual que yo, te estaremos eternamente agradecidas. A ti se debe que este niño esté a salvo, aun poniendo en riesgo tu vida. Por eso, una vez más, gracias.

Leticia le contestó muy afectada:

—Libby era como una hermana para mí. Solo me queda el consuelo de que, cuando me necesitó, vino a mí y pidió mi ayuda... No podía fallarle. Lamento no haber podido ayudarla de otra manera, pero ya no hay nada más que hacer que velar por la vida de su hijo... Cuídese mucho y cuide también al niño... Aprendí a quererlo en el poco tiempo que estuvo a mi cuidado; es tranquilo y saludable.

Leticia miró al niño. Le dijo bajito para no despertarlo:

—Cuídate, pequeñajo, y no molestes a tu tía.

Le dio un beso en la frente para despedirse y salió del apartamento.

El miedo, la confusión, las dudas y la incertidumbre rodean a Sara en un mar de sensaciones. Se sumerge en su nuevo mundo, que acaba de comenzar.

Arropó al niño y lo acostó en su cama.

Se dispuso a leer la carta de Libby.

Querida hermana:

Quiero pedirte perdón por la forma en que te traté y por cómo me alejé de ti. Nada de lo que te dije lo sentí de verdad. Para mí eres la mejor persona del mundo y te mereces una vida mejor. Cuando digo mejor, me refiero a una vida escogida por ti, no impuesta por el destino. Este es tan cruel que siempre atrapa en sus redes a las personas de buen corazón, como tú.

Si estás leyendo esto, es porque una vez más cometí un error del que no supe escapar. Aquí te entrego lo que más atesoro en el mundo: mi hijo. Su nombre es Timothy, en honor a nuestro padre, pero si hubiese sido una niña, su nombre habría sido Sara, sin duda alguna. Ese es el nombre de la persona que más quiero en este mundo, junto a Timothy y Marcus.

Dejo a mi niño a tu cuidado, con la aprobación y la bendición de Marcus, para que lo adoptes como tu propio hijo. Que lo eduques, lo protejas y lo ames con la misma dedicación y ternura con que lo hiciste conmigo. Te nombro heredera del único y más preciado tesoro que dejo en esta vida, confiando plenamente en que su futuro estará seguro en tus manos.

Ahora comprendo todo lo que siempre me decías sobre el amor y la familia. Tenías razón en cada palabra. Si pudiera retroceder en el tiempo, haría las cosas de manera diferente para haber estado más tiempo con mi hijo. Algunos errores se pagan demasiado caro, y la vida no tiene piedad en su paso: cobra con crueldad lo que descuidamos, dejando cicatrices que nunca sanan del todo.

Si en algún momento surge cualquier dificultad que ponga en peligro la vida del niño o la tuya, acude sin dudar a Alexander Walts. Él sabrá exactamente qué hacer y estará allí para protegerlos. Aunque en el pasado hablé de él con dureza, no puedo negar que es un hombre de palabra y de confianza. Con él, tanto tú como Timothy, estarán verdaderamente seguros, y podrás sentir la tranquilidad que yo deseo para ambos. No puedo contarte más por tu seguridad y la de todos

Junto con mi hijo, recibirás algunas de mis pertenencias y recuerdos queridos e importantes de mi infancia que me gustaría pedirte que Timothy conservara, sobre todo a Michí, aun recuerdo lo feliz que fui cuando me regalaste ese osito de peluche y la nota que me entregaste dentro del corazón del juguete, ese objeto siempre ha sido sumamente importante para mi y deseo que lo sea igual para el futuro de mi hijo.

Cuídate mucho y cuida a mi niño. Háblale de mí y dile que, desde que lo tuve por primera vez en mis brazos, lo amé con todo mi corazón. Disfrútalo y ámalo con toda tu alma y haz que tu vida este llena de felicidad.

Recuerda que los amo con todo mi corazón.

Li.

Sara terminó destrozada. La carta la hizo llorar con una intensidad que superaba incluso la noticia de su muerte, dejándola exhausta y temblorosa.

Se lavó la cara, se cambió de ropa y se acostó junto al niño. Desde ese momento sería su hijo y lo cuidaría con todas las fuerzas de su corazón. Timothy era lo único que le quedaba de su hermana.

CAPÍTULO 4

Alexander Walts miraba la hermosa vista hacia el río Támesis desde la ventana de su despacho. Ese día el agua tenía un azul intenso que le recordó los ojos más profundos que había visto en una mujer. Una mujer que no había podido olvidar desde el momento en que la vio sentada en aquella silla de hospital.

Cuando entró en la sala se quedó observándola. Aprovechando que ella estaba ajena a su presencia, pudo examinar cada detalle de su cuerpo.

Le sorprendió encontrar tanta fuerza y hermosura en una sola persona. No concordaba con la idea que tenía de las hermanas Stanford. Aquella mujer no parecía para nada una manipuladora de hombres.

Tenía un porte clásico y una belleza extraordinaria que parecía desafiar el tiempo, con facciones delicadamente esculpidas por ángeles. Su cabello rubio, salpicado de matices dorados, recogido en un elegante moño, parecía atrapar la luz y devolverla con suavidad. Sus labios llenos, perfectamente formados, invitaban a ser besados sin jamás saciarse de ellos. Y sus ojos, de un azul profundo y luminoso, brillaban como joyas de agua marina bajo el sol, hipnotizando a quien se atreviera mirarlos.

Había soñado con ese cuerpo y ese rostro desde el momento en que la abrazó. Recordaba el júbilo y el goce que sintió al tenerla entre sus brazos, una sensación que nunca había experimentado. Pensó que se debía a la furia y la frustración de aquel instante. Sin embargo, el sentimiento seguía ahí, latente. Cada vez se imaginaba con más fuerza lo que sería sentir a esa mujer bajo su cuerpo, en su cama.

Sabía que se estaba engañando. Era su libido lo que lo dominaba. Todo aquello era una mentira. Aunque ella vistiera ropa sencilla, seguro que era igual que su hermana: la embaucadora que llevó al débil de su hermanastro a la ruina para saciar sus deseos de poder. Lo arrastró a arrojar el nombre de la familia a otro escándalo, como los que protagonizaba su padre, Sandro Walts.

Al recordar a su padre, revivió al pasado. El señor Walts heredó la fortuna de su progenitor. A pesar de haber logrado mantener a flote el negocio familiar, descuido a la familia con su larga lista de jóvenes amantes y algunos otros negocios turbios.

La madre de Alexander fue una de ellas, joven, hermosa e ingenua recién llegada del campo. Comenzó a trabajar como secretaria después de haber pasado un curso que se pagó trabajando en un restaurante. Surgió un idilio nada relevante para él, pero sí importante para ella. Al saberse embarazada, rompió el noviazgo y regresó a su pueblo sin decir nada de su embarazo. Mantuvo en secreto el nombre de Sandro Walts por temor a que le arrebatara a su hijo.

Todo marchaba bien hasta que su madre murió a causa de una penosa enfermedad. Alexander quedó solo a los diez años, con una carta destinada a Sandro Walts, en la que su madre le revela la existencia de su hijo y le pedía que lo cuidara, pues era su único familiar. El millonario lo reconoció como suyo y lo envío a los mejores colegios privados del país. Recibió la educación más completa que el dinero podía comprar, pero nada de eso logró dejar huella en su corazón. El único cariño que Alexander conservaba era el de su madre, quien lo había colmado de mimos hasta el día de su muerte.

Ese éxito fue el centro de los problemas con su joven madrastra. No soportaba reconocer el futuro que tenía su hijastro ni la belleza física que demostraba a esa edad. Alexander era muy bien parecido. Eso, unido a un carácter fuerte y viril, lo convertía en el ideal masculino de muchas mujeres, incluida su madrastra. Al no recibir la atención que deseaba de Alexander, comenzó a dañar la relación entre él y su padre y decidió asegurar su futuro económico dándole un segundo hijo al patriarca: Marcus, el cual fue criado entre mimos y halagos.

La relación entre los hermanastros, a pesar de la diferencia de edad y de las intenciones malsanas de su madrastra, era buena. Marcus siempre fue un muchacho manejable, y Alexander aprovechó esa característica para evitar conflictos entre ellos. Al morir Sandro Walts, siete años atrás, Alexander ayudó y apoyó a Marcus a crear su propio negocio hotelero.

La actitud de Alexander hacia Marcus contribuyó a que su madrastra cambiara de postura. Ahora lo respetaba y lo reconocía como patriarca de la familia Walts

Alexander preocupado por la vida que llevaba su hermano, lo había reprendido en varias ocasiones por sus vínculos con un grupo de criminales e individuos de dudosa reputación, Habían discutido acaloradamente sobre el tema en particular, pero Marcus ignoró las advertencias de su hermanastro sobre las decisiones de las que luego se podría arrepentirse. La tensión llegó a su punto máximo cuando Alexander se dirigió de manera despectiva a Libby Stanford, un gesto que terminó por colmar la paciencia de ambos y precipitó la ruptura entre ellos.

—Señor Walts, el señor Preston se encuentra en espera por la línea uno. ¿Le paso su llamada?

La voz de su eficiente secretaria lo sacó de su reflexión.

—Sí, por favor.

—¡Hola, muchacho!

Alexander sonrió al escuchar la voz de su amigo al teléfono.

—¡Hola amigo! ¿Cómo andan esos huesos?

—Acabando con mi vida, igual que mí esposa. Ella me ha obligado a llamarte para recordarte que hoy tienes cita para cenar en casa.

—No lo había olvidado,

—Me alegra que lo recuerdes. Además, necesito hablar contigo de otro asunto, personal. Recuerda traer la caja de habanos que tanto me gusta, por favor. Y no me los entregues delante de Celia...

Ante aquel comentario, Alexander sonrió.

—Pierde cuidado, conozco cómo hacer esa trampa.

—Gracias. Entonces nos vemos a las ocho en casa.

—Muy bien, a las ocho. Hasta pronto.

¿Qué sería lo que Preston quería hablar con él?, se preguntó.

Pensó que los años estaban volviendo al abogado, un hombre lleno de misterios. Llamó a su secretaria y le pidió que le trajera una caja de sus mejores habanos.

Capítulo 5

Diez minutos antes de las ocho, Alexander se encontraba tocando el timbre en casa de su amigo y abogado.

—¡Tan puntual como siempre! —le contestó Preston en cuanto abrió la puerta y lo invitó a pasar al interior de la casa.

—Celia está por aquí, ven sígueme.

Al escuchar su nombre, la aludida se puso de pie. Alexander dejó lo que sostenía sobre la mesa y abrazó a la señora, quien le devolvió el gesto con un cálido y afectuoso recibimiento.

—¡Qué alegría me da verte, hijo! Sigues igual de guapo que siempre, como lo era tu madre.

Celia, siempre que veía a Alexander, recordaba a su amiga y compañera de trabajo.

—¡Solo te falta algo y es una buena mujer! ¿Cuándo nos vas a dar la dicha de anunciar tu compromiso? ¿Qué les pasa a las chicas de esta ciudad?

—No creas, me parece que no son ellas las del problema, sino yo.

—¿Pero cómo? ¿Por qué dices eso? Eres guapísimo, millonario y ya tienes 37 años, ¿qué más deseas, hijo?

—Espero a la indicada, Celia.

—¿Pero cómo sabrás cuál es si no pasas tiempo suficiente con ninguna?

—¡Ya deja al muchacho en paz, Celia! Mira que todavía tengo que hablar con él de negocios. ¿Trajiste los documentos que te pedí?

—Sí, aquí están.

Extendió la caja que tomó de la mesa y le dio a Celia la botella de champán que había traído para la cena.

—Iré a guardarla en el frío y a preparar la cena en la que ustedes hablan de sus negocios. Ya regreso.

Preston esperó a que su mujer abandonara la sala. Le hizo una seña a Alexander para que lo acompañara al estudio.

—¿Me trajiste lo que te pedí? —preguntó el abogado.

—Sí, aquí está. Toma.

Le entregó la caja completa. Preston sacó del interior los habanos y los escondió en la gaveta de su escritorio.

—¡Pero siéntate, muchacho!, quiero hablar contigo de algo. Resulta que hace unos días recibí la llamada de la señorita Sara Stanford...

Al oír aquel nombre, Alexander se puso alerta, pero no demostró su inquietud para que Preston siguiese hablando.

—Me llamó a mí, pero en realidad con quien desea hablar es contigo. Ella no sabía cómo localizarte. Cuando pudo comunicarse con tu oficina, nunca recibiste sus llamadas o sus recados en la que pedía que le devolvieras las llamadas.

—Mi secretaria tiene la orientación de no pasarme las llamadas de desconocidos y, sobre todo, si se trata de alguna mujer. En ocasiones llaman para tonterías y he estado ocupado con la apertura del nuevo hotel. No tenía tiempo para nada. ¿Pero qué le pasa a la señorita?

—¿Qué quiere pedir?, ¿dinero?

El cinismo utilizado por el Alexander no pasó desapercibido por el abogado

Este en tono de reproche le dijo a Alexander:

—No deseo conocer los detalles de lo que pasó aquella tarde en el hospital... pero siempre sospeché que existe alguna antipatía, por así decirlo, entre ustedes. Por eso me extrañó que ella quisiera ponerse en contacto contigo... ¡Escucha, Alexander! La señorita Stanford no es lo que tú crees. Cuando dialogas con ella te das cuenta de que es una mujer, además de guapa, preparada y muy independiente... Debes saber que ella luchó mucho por su hermana, pero mira...

Se inclinó hacia delante, levantó la mano derecha, la cual señaló con la izquierda.

—Todos los dedos están juntos... pertenecen a la misma mano y ninguno es igual. Me parece que, cualquiera que haya sido lo que pasó entre ustedes dos, debes dejarlo atrás y escuchar lo que te tenga que decir... Sinceramente, no la vi bien... estaba más delgada, se la veía preocupada, como asustada, diría yo... Insistí para que hablara conmigo; me dijo que no podía, que era peligroso y no sé qué otras cosas más... Solo le pude prometer que hablaría contigo y... me debes una respuesta.

Escuchar a Preston despertó la curiosidad de Alexander. En su interior se moría por volver a ver aquellos ojos, aunque fuera un momento. Le dijo a Preston que aceptaría verla, que le avisara para que fuera a su oficina.

El abogado, complacido, se incorporó del sillón, posó una mano sobre los hombros de Alexander y le dijo:

—Bueno, muchacho, vamos a ver qué nos tiene preparado esa esposa mía para cenar y gracias por acceder; luego me cuentas. Realmente tengo curiosidad por saber qué es lo que aqueja a tan hermosa señorita... porque, en realidad, es linda la muchacha, ¿no te parece?

A pesar de la cena y la agradable conversación, Alexander continuó con la curiosidad por saber qué quería hablar la señorita Stanford con él. Tendría que estar alerta; sabía que esa arpía lo atacaría de nuevo y ahora sí debía estar preparado.

Alexander llegó temprano al edificio donde estaba su oficina. El portero, conociendo la rutina de su jefe, lo esperó en el sitio destinado al parqueo del auto del dueño de la empresa.

—Buenos días, José, ¿cómo sigue tu esposa?

—Muy bien, señor, el tratamiento le ha sentado de maravilla y el médico nos ha dado mucha esperanza. Señor Walts... hay una señorita que espera por usted desde temprano. No quiso entrar al edificio y... ¡ah!... ¡Mire es ella! Acaba de salir tras la columna.

Alexander se giró, consciente de a quién se refería el portero. Quería verla caminar; le pareció fascinante su andar. Era suave pero firme; con la cabeza erguida, demostraba que tenía una fuerte personalidad, buscando en su mirada cuál sería la reacción de él al verla aproximarse.

Al acercarse, sus ojos azules reflejaban una determinación inquebrantable de hablar con él. La desconfianza flotaba entre ambos. Sus miradas se cruzaron fijas y desafiantes, hasta que, finalmente, ella fue la primera en bajar la mirada, cediendo apenas un instante ante la tensión que los envolvía.

—Sígame— dijo Alexander seco, sin saludo, solo una orden que aumentaba la tensión Ella lo siguió en silencio hasta el ascensor. Subieron a la última planta y durante el trayecto no se pronunció palabra alguna.

Alexander notó lo que le había confiado Preston: la observó delgada y con ojeras profundas del cansancio que se le notaba en el rostro.

Ella lo examinó con la misma intensidad de la primera vez y, de inmediato, volvió a percibir su perfil masculino y viril: una mirada que irradiaba seguridad y una presencia que imponía fortaleza

Esta vez, comprendió que su hermana tenía razón. Con él, Timothy y ella estarían a salvo, especialmente el niño. Como centro del problema, tenía que conseguir su ayuda; lograrlo bajo cualquier costo. Su orgullo quedaría atrás. Suplicaría si fuese necesario: la vida de su sobrino pendía de un hilo y no había tiempos para dudas.

Alexander abrió su oficina y cedió el paso a Sara. Una vez dentro, cerró la puerta para no ser molestado.

—Tome asiento.

Le indicó el sillón frente a su escritorio, y se acomodó en el suyo. Sus ojos recorrieron rápidamente su rostro captando los signos de fatiga, el peso de noches sin descanso y preocupaciones que no se podían ocultar.

—¿Se siente bien?

Ella respondió afirmativamente con un movimiento de cabeza intentando mantener la compostura

—Entonces dígame— replicó él, con voz firme y medida--, ¿a qué debo su visita?

La tensión entre ambos flotaba en el aire, pesada, como si cada palabra contara más que mil gestos.

Lo miró por primera vez desde que se sentara, tomó aire y comenzó a hablar.

—El tema que me trae es bien complicado y difícil de entender, pero es una realidad, un hecho donde usted y yo, de forma indirecta, nos hemos visto implicados. Todo gira alrededor del romance de mi hermana con Marcus, su hermano...

Alexander la interrumpió.

—Permítame que aclare algo, ya que no hubo forma de hacerlo la primera vez que la vi: Marcus es mi hermanastro, no mi hermano.

—¿Y por qué me dice eso ahora? Le aseguro que mi visita nada tiene que ver con lo sucedido aquel día en el hospital... —le dijo Sara con tranquilidad.

—La aclaración surge porque usted tiene la costumbre de confundir a las personas y los hechos de manera deliberada... Aclarado este punto, le recuerdo que no voy a admitir una ofensa, acusación ni agresión, ya sea de forma verbal o de cualquier otro tipo, hacia mi persona o familia. Ahora, prosiga.

Alexander hizo una pausa, al notar que ella guardaba silencio, le dijo con firmeza:

—Continúe usted, señorita.

Sara cerró los ojos, respiró y liberó el aire poco a poco, conteniéndose para no arrojar la mochila que llevaba en el hombro a ese insufrible hombre. Cuando los abrió, se dirigió de forma continuamente pausada:

—Disculpe señor Walts, si fue esa la impresión que le di en aquellos momentos... Reconozco que no valoré mis impulsos y formulé mis acusaciones sin tener en cuenta ciertos hechos que entonces desconocía, y conocí unas semanas después de la tragedia... Usted también forma parte de la situación que me ha traído hasta aquí. Si dejara de interrumpirme, lo cual le agradecería enormemente, entendería, de una vez y por todas, el motivo de esta visita.

Sin dejar de observar la cara de pocos amigos que puso Alexander ante la forma de disculparse que ella utilizó, se tomó unos segundos. Le dio un sencillo:

—Gracias.

Silencio. Sigue el desafío entre ambos.

—Como le explicaba anteriormente, yo desconocía una serie de hechos sobre la relación y la vida que llevaba mi hermana con su hermano... —¡perdón!, hermanastro... Por eso, cuando recibí en mi casa la visita de una antigua compañera de cuarto de Libby para ponerme al día de todo lo relacionado con ellos, el negocio y la vida que decidieron llevar, me convencí de que nuestros muchachos eran iguales de pensamiento y forma de ver la vida. Al final, se amaban de verdad. El asunto es que esta muchacha, me esperaba en mi casa de noche y estaba muy asustada...

Sara le relató la visita de Leticia a su casa sin mencionar su nombre. Mientras, él la observaba sin reacción ninguna. Cuando terminó, esperó sus comentarios. Alexander, sin dejar de mirarla, primero sonrió. Luego soltó una ligera risa sarcástica y se puso serio de inmediato.

—¡En mi vida, las mujeres han tratado de quitarme dinero de muchas maneras! ¡Pero su ingenio deja por debajo al resto de su género! Si usted cree que yo voy a tragarme esa sarta de locuras con el único fin de sacarme dinero ahora que...

Sara lo interrumpió. Su furia era tan intensa que la hizo levantarse de un tirón; solo el escritorio que los separaba la detuvo de golpearlo. Alexander, relajado pero atento, anticipando cada uno de sus movimientos, la observó detenidamente. El silencio se hizo absoluto antes de que ella hablara, con voz cortante y sin titubeos:

—¡Usted está enfermo... el dinero le ha podrido el cerebro! ¡No todo en la vida gira alrededor suyo! Además de engreído, es egocéntrico; cree que el aire, el sol, el viento, no fluyen si usted no lo ordena. No sé qué tipo de esquizofrenia es la suya, pero le sugiero que vea a un especialista pronto. Su diagnóstico debe ser crónico, infeliz

Alexander se puso de pie, apoyó las manos sobre el escritorio y acercó su rostro al de ella, con aire desafiante:

—¡Aquí la única enferma es usted! Ninguna persona en su sano juicio inventa una historia como la suya.

Sara advirtió la obstinación en la mirada del hombre. Recuperó la cordura y recordó lo que se planteó en el ascensor: tenía que lograr que ese hombre la ayudara.

—Puedo probar todo lo que he dicho. Lo único que no voy a hacer es ir a ver a la compañera de Libby. Ella está muy asustada y teme por su vida si la relacionaran con mi hermana.

Caminó dos pasos hacia atrás y tomó la mochila. Sacó de ella la carta y el recorte del periódico; los puso sobre el escritorio. Él tomó primero el periódico y lo revisó rápidamente: recordaba el artículo. Cuando comenzó a leer la carta, volvió a sentarse en su sillón para hacerlo detenidamente.

Entonces era cierto lo que venía sospechando. Al enterarse, el día de la lectura del testamento de Marcus, de la existencia de un niño, relacionó este hecho como una locura de las muchas que su hermanastro hacía. Hacía tiempo esperaba la reclamación del reconocimiento de un hijo de alguna de sus amantes y se había preparado para abordar el asunto, pero ignoraba que la tal Libby hubiese salido embarazada, porque Marcus en ningún momento lo mencionó. Si se lo hubiera dicho antes, ahora él tendría la verdad en sus manos. ¿Cómo nunca supo lo del niño? Él había contratado a alguien para que siguiera los pasos financieros de Marcus, pero nunca salió a relucir nada del embarazo o nacimiento de un bebé. Pero, por qué Marcus nunca le dijo nada sobre su hijo

CAPÍTULO 6

Alexander se quedó en silencio. Tal vez la omisión de Marcus era para evitar poner en riesgo al bebé que venía en camino y a su propia familia. Por unos instantes se olvidó de la mujer que estaba sentada frente a él. Levantó el teléfono y le dijo a la persona del otro lado:

—Necesito verte de inmediato... Es urgente... En la tarde está bien... Sí, aquí en la oficina. Y trae contigo al señor Jack Barnad.

Colgó el teléfono y se acercó a la chica.

—Vamos...

Le dijo a Sara.

—¿A dónde se supone que voy a ir con usted?

—A buscar al niño... ¿Esa es la otra prueba de lo que dice, no? Veamos si eso es cierto.

Sara respiró aliviada. Iban a buscar a Timothy; la iba a ayudar. Le parecía increíble. Llevaba tantos días atemorizada, escondiéndose, que por momentos pensó que su sistema nervioso colapsaría.

Sabía que la habían seguido hasta su casa; tuvo que llamar a su jefa, Roset, y, sin darle mucha explicación, renunció a su trabajo. Le dijo que algo había surgido con la muerte de Libby que requería su atención inmediata y que tenía que salir de la ciudad por tiempo indefinido; la llamaría luego y le explicaría todo. Recogió al niño y se dispuso a huir.

Habían transcurrido tres meses; ya se habían gastado sus ahorros. Realmente no sabía qué hacer, pero ahora todo se arreglaría.

Entraron los dos en el coche que conducía Alexander y salieron a la calle. Ella dio la dirección de un motel en las afueras de la ciudad.

Al cabo de unos minutos, Sara se dio cuenta de que no iban en la dirección correcta.

—Va en la dirección contraria.

—Si lo que me dice es cierto, tenemos que tomar precauciones.

Solo hizo ese comentario y se concentró en manejar. Omitió el hecho de que un auto negro los seguía a cierta distancia. Sabía que su Aston Martin era un coche veloz y podía esquivarlos. Esperaba que Sara no se percatara de la persecución.

Alexander no apartaba la vista del auto que los seguía. En cuestión de minutos el vehículo se acercó peligrosamente y, esta vez, Sara percibió con claridad la amenaza que los acechaba.

—¡Son ellos!

Él la miró en silencio, sin decir nada, y ella reafirmó lo que había dicho:

—¡Sí, son ellos! Los del auto negro; es el mismo que estuvo rodeando mi casa.

Sara, agitada, comenzó a rebuscar en su mochila.

Alexander aceleró; los tenía encima. Se escuchó un estallido, el ruido seco de un disparo; instintivamente se volvió hacia Sara y le gritó:

—¡Agáchese, cúbrase rápido!

Siguió conduciendo a toda velocidad, esquivando y maniobrando entre el tráfico para cubrirse y también escapar. De repente sintió un movimiento a su lado y vio a la mujer que lo acompañaba con medio cuerpo fuera del auto, pistola en mano, disparando al coche que los seguía. Rápidamente la agarró por la parte trasera de la chaqueta y la sentó de un tirón.

—¿Pero qué hace, está loca? ¡La pueden herir! —le gritó, descompuesto.

—¡Usted conduzca, sáquenos de aquí, yo me encargo de alejarlos!

Gritó Sara por encima del ruido del potente motor y del chirrido de las gomas. Siguió disparando, pero esta vez solo con el brazo extendido hacia fuera. Alexander la atrajo hacia sí, giró el auto para pegarla firmemente a su asiento y en una maniobra rápida, le quitó la pistola, sin dejar de conducir ni mirar hacia atrás.

—¿Pero qué hace? ¡Deme eso! —le exigió Sara.

—¡No puede seguir disparando a tontas y locas, alguien puede salir herido ¿No ve que estamos en la calle?

Sara lo miró furiosa y comenzó a gritarle para hacerse oír:

—¡Aquí el único loco es usted! ¿Me cree una desequilibrada irresponsable? Las balas son salvas; las tenía guardadas para utilizarlas en caso necesario, si pretendían...

No pudo terminar la frase. Alexander realizó una maniobra y logró chocar el auto que los perseguía por la parte delantera; los sacó del carril y los hizo impactar contra un hidrante en la acera. Se armó gran confusión en el lugar, momento que Alexander aprovechó para escapar. Salió en busca del niño para ponerlo a salvo de los atacantes y de la desequilibrada que llevaba a su lado.

Llegaron al motel después de un largo recorrido, por si eran perseguidos por otro auto. Alexander, en el trayecto, hizo varias llamadas: una a la policía para informar del ataque y luego a su cuerpo de guardaespaldas, que llegó al motel junto con ellos. Inspeccionaron los alrededores.

Sara entró a la habitación seguida por Alexander. Este observó que era modesta, pero limpia. Le dedicó una sonrisa a la muchacha que cuidaba al niño. Con un gesto, Alexander preguntó quién era la chica. Ella le explicó que se trataba de la hija de los dueños del motel; ellos ofrecían ese servicio de niñera a las parejas con hijos que eran huéspedes del local.

Comenzó a recoger las pocas pertenencias que tenía.

Él se acercó a ver al niño. El corazón se le oprimió al notar el parecido del bebé con Marcus. Para salir de dudas, le preguntó a Sara la edad del niño.

—Según su certificado de nacimiento, cumplió seis meses la semana pasada.

—¿Le ha hecho revisión médica?

—Sí. Estuvo aquejado de cólicos digestivos. El médico que lo atendió me dijo que era normal en niños de su edad, mucho más en su caso, por no haber recibido la lactancia materna como era debido. Le recetó un medicamento y no ha tenido más problemas. Por lo demás, es un niño completamente sano, como su madre.

—¿Eso es todo lo que lleva consigo?

—Pues claro, ando ligera de equipaje. No sabía cuándo tendría que salir huyendo y si era de improviso... Estaba preparada. Esto y la mochila es todo lo que llevo —le contestó Sara.

—¿Dónde aprendió a tirar de esa forma? Reconozco que logró sorprenderme y, créame, eso es algo difícil de lograr...

Sara lo tomó como un cumplido.

—Tomé clases de tiro cuando era pequeña. Mi padre era un experto cazador y quería que una de sus hijas siguiera su predilección por la caza. Al ser la mayor, me tocó a mí; Libby siempre se quedaba en casa con mamá... Nunca pensé que lo que aprendí por diversión me serviría para defenderme, pero ya ve... la vida es así.

Se implantó el silencio; sobraban las palabras.

—Si lo tiene todo ya, es hora de marcharnos.

Sara lo siguió sin protestar. Iría a donde la llevara; se sentía segura y protegida a su lado.

CAPÍTULO 7

Llegaron a la casa de Alexander custodiados por dos autos. Era una mansión con arquitectura medieval estilo Tudor, en las afueras de Londres. Al entrar al salón, el personal los esperaba.

Alexander hizo las presentaciones y le indicó que, a partir de ese momento, ese era su personal de servicio privado, incluyendo la niñera para Timothy. Salió de allí sin mirar atrás.

Llevaron a Sara a su habitación, donde tomó un largo baño. Almorzaron ella y el niño allí; este último se quedó dormido de inmediato. Lo mismo le pasó a ella tras poner la cabeza en la almohada.

Cuando despertó, se encontraba desorientada. Rápidamente recordó todo. Miró hacia la cama del niño y encontró una nota de la niñera explicando que Timothy se encontraba en el cuarto de juegos, que era la puerta contigua a su habitación. Más tranquila, volvió a recostarse.

Repasando los hechos del día, recordó el peligro que habían pasado en el encuentro con los secuestradores y comenzó a temblar de miedo, por lo que rápidamente tomó las pastillas que le recetara el doctor contra la ansiedad.

Se sentó en el sillón al lado de la cama y esperó a que el sedante hiciera efecto. Más calmada, dio una vuelta para comprobar que todo estuviera a su gusto con el niño. De regreso a su habitación pidió a la doncella que le subieran la cena. Verificó que Timothy dormía plácidamente, por lo que decidió hacerlo también, y de inmediato lo logró. Se sentía segura y tranquila en aquel lugar.

A la mañana siguiente, después de jugar con el niño, se sentó frente al televisor de su cuarto a ver las noticias. Tocaron a su puerta y se encontró con la imponente figura de Alexander.

Tenía el pelo húmedo, lo que le hizo suponer que acababa de salir del baño. Esta vez vestía ropa informal: unos jeans ajustados a sus piernas firmes y una camisa de color azul cielo con los dos botones de arriba abiertos, donde se veía un pecho de ensueño. Ahora, frente a frente, podía confirmar su belleza. Todo lo que se hablaba de él en las revistas era cierto: un hombre de cuerpo perfecto. Lástima que fuera tan desconfiado, cruel y de mal carácter.

—Veo que está mejor... por lo menos las ojeras han desaparecido.

—Sí, estoy mucho mejor. He dormido como hacía meses no lo lograba — dijo ella tímidamente.

—¡Pero pase, por favor, póngase cómodo!... Literalmente está en su casa.

Alexander notó que, a pesar de estar más serena, seguía a la defensiva.

—No, gracias... Solo venía a comunicarle que mañana en la noche necesito su presencia en el despacho. Quiero informarle las medidas de seguridad que tomamos ante esta situación. Otra cosa: no tiene por qué estar encerrada en su cuarto todo el día; aquí está segura, puede salir si lo desea...

—Lo sé, pero no quisiera imponer mi presencia. Además, necesito tiempo para descansar. Llevo meses en alerta. Eso ha arruinado mi sistema nervioso. De todas formas, gracias por sugerirlo.

—Entonces, hasta mañana en la noche. Siga descansando.

Alexander salió del cuarto, dejando tras de sí el rastro de su presencia. Reconoció que era un hombre atractivo, capaz de despertar en ella sentimientos profundos y carnales con cualquier otro hombre del pasado. El roce íntimo con Alexander fue distinto y la confusión que le generaba hizo pensar que tal vez solo había sido la imaginación. Desde su primer contacto, aun bajo circunstancias poco atenuantes, su piel absorbió cada roce y fue como una explosión de deseo que todavía no había podido aplacar. Sentimientos que le serían difíciles de controlar ahora que estaría bajo su techo y cuidado, estarían constantemente en contacto, por lo que sería imposible evitarlo. El destino lo había puesto en su camino, tal vez para toda la vida.

CAPÍTULO 8

La noche siguiente, Sara se dirigió al despacho: la habían hecho llamar. Dentro se encontraban un hombre alto, joven y fornido, que no conocía. La saludó con un leve asentimiento de cabeza. Alexander estaba de pie en el centro de la habitación junto al señor Preston, que fumaba un puro cómodamente sentado en una silla.

Se puso de pie en cuanto ella entró.

—Me alegra mucho volver a verla, aunque sea en estas circunstancias. Pero tiene mejor aspecto —le dijo el amable señor.

—Sí, también me alegro de volver a verlo. Quisiera una vez más darle las gracias por atender siempre mis peticiones.

—Acércate, por favor. Quiero presentarte al señor Jack Barnad.

El aludido se puso de pie y Sara reparó en él. No era tan alto como Alexander, pero sí fuerte. Tenía una mirada inteligente, parecía un águila en pleno vuelo acechando a su presa.

Cuando terminaron las presentaciones, tomaron asiento. Alexander comenzó a hablar:

—Señorita Stanford, como le dije anoche, la hemos citado aquí para mantenerla al tanto de la información que se ha recopilado a partir de los hechos que usted conoce...

Se requiere al señor Preston como abogado para realizar los trámites legales de los acuerdos que aquí se tomen. De más está decirle que el señor Preston es de absoluta confianza para mí y, no me cabe duda, que también lo es para usted.

Sara respondió afirmativamente con un movimiento de cabeza. Sabía que allí se estaba tramando algo de suma importancia para su vida y la de su niño. En ese momento pensó con temor que tal vez quisieran arrebatárselo, pues tenían el poder y el dinero suficientes. El miedo le recorrió la espina dorsal. Su mente comenzó a funcionar: primero tenía que escuchar las propuestas. Eso le daría tiempo a planear algo. Se mantuvo callada, por lo que Alexander siguió su explicación.

—El señor Jack Barnad es un antiguo amigo. Ahora posee su propia compañía de seguridad. Está a cargo en este momento de la actividad de protección y otras investigaciones de suma importancia para el caso. Es una compañía competente. Ha sido él quien, desde el momento en que usted apareció en mi oficina, se ha encargado de buscar información sobre algunos temas relacionados con Marcus y su hermana. Debo informarle que yo había contratado los servicios de los detectives anteriormente para realizar otras investigaciones sobre este caso, pero di la disposición de no seguir cuando falleció Marcus. La investigación carecía de interés por desconocer la existencia del niño. Reconozco que fue un error. Si hubiese seguido con la investigación, no habría sucedido lo de ayer ni una serie de hechos que han puesto en peligro su vida y la de Timothy...

—Como le decía, el señor Jack Barnad comprobó que Marcus y Libby se relacionaron con personas altamente peligrosas y de dudosa reputación. Tenían serios problemas financieros, lo que los llevó a recurrir a métodos pocos ortodoxos para salir adelante. En su afán de mantener su estilo de vida, se endeudaron con sumas millonarias ante un grupo de individuos que, como le comenté, tienen reputación cuestionable. Alguno de ellos incluso está siendo buscado por la Interpol.

Sara se cubrió la boca con su mano, para evitar un lamento, al oír aquello

Alexander continuó:

—Sé lo difícil que es escuchar esto, y la entiendo—dijo con calma--. A mí me causó el mismo impacto cuando supe con qué tipo de individuos se relacionaba Marcus y lo que fue capaz de hacer. Pero créame, es necesario conocer todos los detalles para llevar a cabo el plan. Ahora viene la parte más difícil de asimilar, por eso le pido que se mantenga tranquila... Estamos seguros de que el accidente no fue tal accidente, sino un homicidio, pero no tenemos las pruebas que lo demuestren, por lo tanto, no podemos denunciarlo ante las autoridades. Debemos encontrar la manera de atraparlos infraganti, forzar una confesión, encontrar pruebas sólidas y testigos de sus crimenes para así poder procesarlos por múltiplos delitos

—Sabemos que Marcus y Libby estaban bajo amenaza, por lo que decidieron mantener en secreto el nacimiento del niño, temiendo un secuestro o lo que sería peor, que le hicieran daño. Las investigaciones revelaron que, al momento del parto, habían contratado a un médico amigo, quien atendió el nacimiento y emitió el certificado que usted posee. Descubrimos que Marcus tenía planes de modificar el testamento. Cuando mencionó la existencia del niño, antes de que hubiese constancia oficial, sospechamos que tenía miedo de que supieran del embarazo o de que no pudieran llevarlo a término. El día del suceso, se dirigían justamente a modificar el testamento, pero el abogado nos confirmó que nunca llegaron a la cita. Creemos, además, que los atacantes se enteraron de la existencia del niño gracias a la nota que salió en el periódico y que usted misma vio.

—Ahora, conociendo los hechos, y el alto poder delictivo de estas personas nos hemos planteado algunas medidas a tener en cuenta para evitar que lleguen a nosotros o a Timothy. Proponemos que el niño sea trasladado a un lugar seguro y muy secreto, incluso fuera de la casa y de nuestro conocimiento. Irá acompañado de su niñera, de un doctor de toda nuestra confianza y por supuesto de un equipo de seguridad que lo mantendrá vigilado noche y día.

La furia y la incertidumbre que llevaba contenidas explotaron en la mente de Sara. No pudo soportarlo más y se puso de pie.

—¡Lo sabía! Sabía que algo tramaba... Lo que quiere es arrebatarme al niño, haciendo uso de su dinero y de su poder... Quiero que sepa que no lo logrará. Me marcho con mi niño lejos de aquí, de usted y de este embrollo que se ha generado por el dinero.

Alexander la miró sin pestañear. Sin cambiar la vista, dijo a los dos hombres en la sala:

—Por favor, señores, les pido unos minutos a solas con la señorita Stanford. Cuando hayamos terminado, los haré pasar.

Los hombres se retiraron en silencio. Sara y Alexander, aún desafiándose con la mirada, se quedaron inmóviles en el lugar.

Él rompió el silencio:

—Una vez le advertí que tuviera cuidado con sus impulsos. Ahora le digo que cuide lo que habla. Por una vez en su vida, deje de atacar a las personas que tratan de ayudar. En esta situación, como usted misma dijo, formamos parte indirecta...

Ella intentó hablar.

Rápidamente, como un lince atacando a su presa, él se acercó a ella y la atrajo a su cuerpo. Cerca de su boca, le dijo:

—¡Enloquezca y vuelva a atacarme! ¡Deme la razón perfecta para proporcionarle lo que su cuerpo de mujer, ávido y sediento de hombre, clama con fuerza contenida.

Sara lo miró asombrada. Las aletas de su nariz hacían ruido al inhalar y exhalar el aire de sus pulmones. Separó su rostro del de él para entablar un duelo de miradas. Pero algo en su cara expresó sorpresa. Alexander se mostró agresivo.

—¡Sí! ¡No me mire así! ¡No se haga la sorprendida! Ese jueguito conmigo no funciona... Quiere aparentar una seguridad que no posee, pero su cuerpo no transmite ese sentimiento. Ha estado provocándome desde un inicio, y eso se ha convertido en un desafío para usted... Solo pretendo que entienda, de una vez por todas, que si acepto el reto puede apostar que no dejaré que abandone tan fácilmente la lucha. Créame cuando le digo... soy un digno oponente.

—Ahora, ¡escúcheme! Nunca —¡escuche bien!— nunca ha pasado por mi mente arrebatarle al niño, como tampoco permitiré que alguien se lo quite.

La mantuvo abrazada bajo presión, pero sin aplicar fuerza para no hacerle daño pues sabía que ella estaba atrapada física y emocionalmente.

—¿Me escuchó? ¡Dígame! —le preguntó en un tono fuerte.

Ella levantó la cara y lo miró desafiante. Respondió con un "sí" de cabeza, pero con los labios apretados, demostrando su mal humor.

—Pues si quedó claro, le explico que esto es una misión para salvar la vida de un niño que no pidió venir al mundo. Tampoco tuvo la culpa de ser el hijo de unos padres irresponsables e inmaduros, que acabaron con su propia vida y trasladando sus responsabilidades personales a nosotros como únicos familiares cercanos.

—Por mi parte, tengo que hacer cosas a las que había renunciado y otras con las que no contaba por el momento. Mi prioridad, a partir del momento en que estuvo bajo mi custodia y hasta el día de mi muerte, es Timothy. Por él haría lo que fuera necesario... hasta relacionarme con una persona como usted, que se pasa la vida haciéndose la víctima, creyéndose la única persona buena y altruista de este mundo, mientras el resto solo somos personas interesadas y sin valores.

—Que quede claro: voy a hacer lo que tenga que hacer por salvar a mi sobrino. Esto es una cuestión de honor, no de venganza, ni de demostrarle nada a nadie, y menos a alguien como usted. ¿Quedó despejado este punto también?

Silencio.

—¿Quedó claro?

Ella lo miró. Se zafó de un tirón y le respondió de manera desafiante:

—¡Por ahora!

Alexander, sin dejar de mirarla, exclamó:

—¡Pues también, por ahora, es suficiente para mí! Con eso me basta para acabar de comunicarle cuál es la estrategia a seguir y comenzar la misión. Limítese a escucharla y pregunte si tiene alguna duda antes de sacar cualquier conclusión.

Se dirigió a la puerta y mandó a pasar a los dos hombres, que entraron en silencio. Ocuparon el lugar que tenían antes y miraron de uno a otro para comprobar el estado de la situación.

—Podemos seguir, señores. Todo ha quedado aclarado entre la señorita y yo. Por favor, Jack, explica tú el siguiente paso.

Alexander tomó asiento tras su escritorio. Inclinó el sillón de frente hacia los hombres y de perfil hacia Sara. Ella tampoco lo miró, centrando su atención en el hombre que se puso de pie y se acercó a ella.

—Como decía el señor Walts, al niño lo trasladaremos a un lugar seguro. Solo sabremos su paradero el personal que lo acompaña y yo. Ustedes sabrán de él a diario, mediante un parte que personalmente transmitiré. En caso de que pase algo —que no tiene por qué suceder— serán informados de inmediato, ambos. Así manejaremos el asunto.

—Todos los que conozcan de la existencia del niño deben creer que Timothy Walts está aquí, bajo su cuidado. Ahora bien, señorita Stanford...

Hace una pausa y la mira.

—Debo preguntarle si entendió el objetivo de este plan para poder exponerle lo siguiente.

—Sí, señor... lo entiendo perfectamente. Y le pido disculpas por mi actitud. Prosiga, por favor; en caso de que tenga alguna duda, le haré la pregunta —respondió Sara.

—Pues bien... es un alivio que usted esté completamente segura de que su participación y cooperación en esta misión es de suma importancia. Tendrá que dar pasos importantes en su vida para salvar al niño; es la base fundamental para salir airosos. Le hablo, por ejemplo, de... matrimonio.

Hubo un silencio en la sala, esperando la reacción de la muchacha. Ella se quedó callada, por lo que el hombre prosiguió:

—Usted y el señor Walts deben primero hacer público un compromiso y dentro de un mes, celebrar una boda. Todo esto ofrecerá la oportunidad, por el momento, de ser la comidilla social. Eso le dará cobertura al enemigo para atacar. A partir del momento en que se haga conocido el compromiso, tendrán que salir a la luz pública como una pareja feliz y enamorada. Por ello...

Caminó al centro del despacho para mirar a uno y a otro.

—Deben limar las asperezas y la antipatía palpable que hay entre ustedes. Quien los vea ahora no se creería ni siquiera que sean amigos, y mucho menos pareja. ¿Entienden este punto?

Alexander lo miró serio y respondió:

—Tengo bien definida la situación y haré lo que tenga que hacer.

Sara respondió a Jack:

—Para mí está claro. Cuente con mi ayuda. Y si hay que fingir matrimonio, lo haré el tiempo que sea necesario.

El señor Preston, que hasta ese momento había participado solo como observador, reconoció el momento de intervenir.

—En cuanto a eso, Sara, tiene que saber algo: el matrimonio no será fingido, tiene que ser legal. De esa forma, ustedes serían los tutores legales del niño, facilitando la adopción inmediata al ser ambos los únicos familiares. Ustedes serían los encargados, como pareja, de resguardar y mantener el fideicomiso del niño hasta que cumpla la mayoría de edad. Alexander es el heredero mayoritario. En caso de que falleciera, Timothy pasaría a ser el próximo heredero de la familia Walts.

—La situación de la herencia del niño se revertiría si de vuestro matrimonio nacen hijos, quienes compartirán la fortuna heredada por su padre en partes iguales con Timothy. Alexander y usted, como madre, llevarán el control de la herencia.

Preston hizo una pausa y miró a la muchacha. La vio pálida, por lo que preguntó:

—¿Desea beber un vaso de agua o algo más fuerte? Sé que esto ha sido una impresión, pero créame: es la única solución posible.

En ese momento, Jack Barnad le acercó una copa de brandy.

—Esto le asentará más que cualquier otra cosa. Tómelo de un trago.

Ella tomó la copa. Sintió el líquido correr por su garganta, lo que le provocó una tos que desapareció en segundos. Devolvió el recipiente. Se quedó sentada, en silencio.

—¿Tiene alguna duda? ¿Algo que quiera añadir al respecto? Este es el momento de aclararlo todo. Recuerde que no podemos tener muchos contactos para no llamar la atención —aclaró Adams Preston.

—No, nada... todo está muy claro.

—Pues bien, si no hay ningún inconveniente nos retiramos para dar paso a los trámites... Cada minuto que pasa es un minuto de riesgo, ahora para los tres, no solo para el niño. En cuanto todo esté listo vendré a que firmen los documentos. Buenas noches.

Ambos hombres se marcharon, dejándolos solos. Pasaron unos minutos y Alexander rompió el pesado silencio.

—Es muy tarde. Han sucedido muchas cosas en una noche... En otro momento hablaremos.

Se paró junto a la puerta del despacho, indicando a Sara con ese gesto que lo dejara solo. Cuando pasaba por su lado, le dijo sin mirarla:

—Buenas noches...

Y cerró la puerta.

Capítulo 9

Después de la reunión, Sara permaneció encerrada en su habitación durante dos días consecutivos. Las noches siguientes dormía inquieta, determinada a y desempeñar su papel junto a Alexander Walts de la mejor manera posible. Sabía que debía poner fin a la guerra entre ellos, de lo contrario, no convencerían a nadie y la vida de los tres correría cada día más si no lograban enfrentar y encerrar a los responsables de la muerte de su hermana.

Por otra parte, no podía ignorar la atracción que sentían su cuerpo y su mente por ese hombre. Desde el primer encuentro, había despertado en ella una su sensibilidad como mujer que no esperaba y no había podido sacárselo de la cabeza. Por eso reaccionaba de una forma tan rebelde cuando estaba cerca de él: no quería ceder y luchaba contra sus propios impulsos, pero era algo mucho más fuerte que ella. Decidió entonces relajarse, recuperar el control y mantenerse tranquila. Al final, ella conocía lo que sentía, pero aún desconocía cuáles serían los sentimientos de él hacia ella. Hasta el momento no habían sido nada apacibles, amables ni agradables. Por lo tanto, estaba segura de que entre ellos no existiría nada más que un compañerismo impuesto por la vida y el destino que les había correspondido a ambos.

Temprano, en la mañana del tercer día, bajó a desayunar con una nueva perspectiva sobre su manera de actuar en el papel que tendría que representar en aquella misión. Convencida de dar lo mejor de sí y mantener la calma, salió a la terraza para desayunar. La vista del jardín era preciosa, y en una mesa encontró su desayuno dispuesto. Sentado en una silla, trabajando con la computadora portátil y hablando por su móvil, estaba Alexander.

Aun sin verla, él sintió su presencia al entrar. Esperó unos segundos y levantó la vista para observar. No le pasó desapercibida la cara de agotamiento y tristeza que Sara tenía; no obstante, reconoció su hermosura.

Debía de haber dormido muy poco en todos esos días, igual que él. Lo que pasó en su despacho y la despedida con su sobrino lo había afectado. Ese sentimiento de cariño, ternura y protección le era desconocido, al igual que los sentimientos lujuriosos y pasionales que le inspiraba esa mujer que pronto sería su esposa.

Él no era así. Siempre había disfrutado del placer que provoca estar con una mujer guapa. Con Sara era diferente porque era una mujer compleja. Estaba hechizado por el aroma femenino, su sangre lo asimiló como una droga: quería más, necesitaba mucho más. En sus sueños la veía caminando hacia él, en una entrega dócil y total. Todo le recordaba a ella. Se estaba convirtiendo en una obsesión y tenía miedo de que el amor lo sorprendiera y se volviera un hombre débil, pues había visto como su padre y luego en Marcus eran dominados por ese sentimiento.

Pero él no se dejaría dominar por el amor, lo que sí haría era mejorar las relaciones con aquella mujer que pronto sería su esposa, que su cuerpo la deseaba inmensamente

Apagó el móvil; no recordaba cuál era el último tema de conversación ni con quién lo habló. Se levantó de su asiento y se centró en ella.

—Buenos días... ¿Sería tan amable de acompañarme? No he desayunado, esperando a que usted se decidiera a bajar.

—Gracias por el detalle. En verdad, he bajado porque no soporto estar sola.

—Me sorprende esa debilidad; usted ha demostrado ser una mujer fuerte y también audaz. Si no me cree puedo contarle la historia en la que usted es la protagonista y está con medio cuerpo fuera del coche disparando como una maniática, balas de salva a unos desconocidos, que en cambio, sí disparaban balas de verdad.

Al oír el comentario, Sara sonrió recordando la escena. Alexander quedó sorprendido al ver el cambio que daba su rostro con una simple sonrisa y ella adjudicó su sorpresa al recuerdo de ese día en el auto, por lo que le explicó:

—No se sorprenda tanto, señor Walts; mi instinto me guiaba. ¿Usted pensaba que me iba a dejar atrapar tan fácilmente?

—¿No cree que ya es hora de que abandonemos las formalidades? A partir de este momento somos una pareja de enamorados. Dejemos el formalismo y centrémonos en hacer nuestro papel lo mejor que podamos.

Se hizo un silencio entre ellos, por lo que él retomó la conversación, comenzando a tutearse de inmediato:

—Quiero que sepas que pondré todo mi empeño para que todo salga bien. Estoy seguro de que tú también lo harás. Vamos a convivir juntos, y al final el interés es el mismo para ambos. Igualmente, para mí como hombre, será un orgullo desposar a una linda dama que, por demás, es valiente y rebelde... y tengo fe en ello.

La broma relajó un poco el ambiente.

—¡Gracias, perdón! Alexander. Estoy de acuerdo contigo: tenemos que llevarnos bien. Por otra parte, quería hablarte en relación con lo del matrimonio.

Sara tomó aire y comenzó a hablar, decidida a dejar claro su punto de vista sobre el tema:

—Tú mismo me has dicho que esto se trata de una cuestión de honor. Entiendo a lo que te refieres cuando me expresaste que estabas dispuesto a renunciar a cosas que no tenías planeado hacer. Sé que es difícil para ti, como lo es para mí. Por eso deseo que lo nuestro sea un matrimonio de conveniencia. Seré tu esposa oficial: compartiremos todo menos la cama. Aún no estoy preparada para eso. Además, para mí el matrimonio es una institución sagrada. No me avergüenza decirte que siempre soñé con casarme por amor. Las circunstancias han sido otras y, por supuesto que sí, nos vamos a casar. Solo te pido que respetes mi decisión. Cumpliré con mi función de esposa a cabalidad, hasta que se decida todo de una vez, menos en el dormitorio...

—Sé, con conocimiento de causa, que tu opinión sobre mí es bien baja. Créeme, querida, cuando te digo que nunca he tenido que forzar a una mujer para que duerma conmigo. Tú no serás la primera. Te valoro mucho, aunque no lo creas. Recuerda que eres la madre de mi hijo. Ese es el lazo que nos une a Timothy: el de padres. Si en algún momento existiese un acercamiento más íntimo entre nosotros, será de mutuo acuerdo. En honor a la verdad, siempre ha existido una química entre nosotros que está latente desde ese primer encuentro y que se ha mantenido en los posteriores, aun sin ser amistosos... pero está ahí, presente. Somos lo suficientemente adultos para reconocer ese hecho y, por mucho que luchemos contra eso, solo lograremos que se afiance más, que aumente la curiosidad... hasta que un día ocurra lo que deba ocurrir. Por lo tanto, la respuesta a tu petición es: todo pasará de acuerdo con lo que nos tenga preparado el destino. Contra eso nada ni nadie puede luchar. Por mi parte, me comprometo a serte fiel y a respetarte como lo que serás: mi esposa. Recuerda: vamos a estar juntos por un largo tiempo; esperemos entonces a ver qué pasa...

—Me complace mucho oírte decir que me respetarás y serás fiel mientras dure nuestro matrimonio, porque, realmente, un matrimonio que tiene como base la infidelidad es un mal ejemplo para criar a un hijo. Entiendo que eres un hombre y, por demás, tienes tus necesidades... pero sería difícil de asimilar, bajo cualquier circunstancia, que alguien que es tu pareja se divierta con otra persona a tus espaldas. Por lo demás, te agradezco mucho que decidas ser paciente conmigo. Te confieso que es hasta vergonzoso para mí compartir algo tan íntimo con alguien que acabo de conocer y que, por demás, nuestros encuentros no han sido... ¿Cómo decir?... pasivos o amigables... Ah... lo siento, por favor, entiéndeme...

—Tranquila, Sara... te entiendo perfectamente. Y por eso te propongo esperar un tiempo para retomar esta conversación. Te decía hace un momento —y te lo repito ahora—: dejemos pasar el tiempo. Vamos a estar juntos una temporada. Ahora nuestros objetivos son los mismos; limemos nuestras asperezas —si es que las hay— de una forma más sutil, dócil. Ya verás que la convivencia será diferente y eso nos permitirá conocernos mejor. Las cosas van a marchar bien entre nosotros, y eso no solo permitirá mejorar nuestra relación, sino que le daremos un hogar lleno de paz, cariño y tranquilidad a un niño que es nuestra prioridad. ¿Estás de acuerdo conmigo, verdad?

La chica respondió afirmativamente con un movimiento de cabeza. Después de unos segundos, Alexander cambió de tema para dar por zanjado el asunto:

—Quería informarte que a las tres vamos de compras. Iremos a buscar el anillo y un nuevo guardarropa para ti. Esta noche llamaré a la familia para informarles del compromiso. Pasado mañana los invitaré a cenar. Tenemos que crearnos una historia de cómo nos conocimos. Si les digo que la primera vez que nos vimos tuvimos un altercado, que hasta una bofetada recibí, no se creerán nada.

Analizó su expresión. Sara primero expresaba lo que sentía con el rostro y luego con palabras. Al verla tranquila, continuó con su idea:

—Así que he pensado que podemos decir que habías trabajado en mi empresa y ahí comenzó la relación que con el tiempo se ha convertido en algo serio.

—Eso está bien. Podemos decir que trabajé en las oficinas de tu sede aquí en Londres. ¿Qué pasará cuando relacionen mi nombre con el de Libby y Marcus? ¿Qué decimos a eso?

—Precisamente fue por nosotros que ellos se conocen. Marcus le ofreció el trabajo a Libby... Lo otro se dirá en el camino. Lo más difícil va a ser lo de Timothy... sobre todo para Lucy, la madre de Marcus, que no lo ha pasado nada bien después del fallecimiento de su hijo. Tengo entendido que se ha retirado a una isla de descanso que heredó de mi padre... Vamos a excluirla de la cena. Viajaré a la isla y hablaré con ella; según cómo la vea, le diré solo lo que deba saber. También tiene que creer que lo nuestro es de verdad. Nadie, excepto Jack, Preston y nosotros dos, conocerá el secreto.

Alexander se preparó para su próximo comentario y la reacción de ella, por eso lo hizo de forma casual, restándole importancia:

—Por ello he pensado que, cuando nos casemos, tendremos que dormir en un mismo dormitorio... ¡No mires así! Mi dormitorio es amplio... ya lo verás. Hay capacidad para dos camas; diremos que es para Timothy... Lo que pase en la habitación solo lo sabremos tú y yo.

Ella lo miró algo desconfiada, pero él estaba preparado.

—¿Alguna pregunta? ¿Algo que no sea de tu agrado y quieras variar?

La observó cambiar de posición en la silla para relajarse un poco. Vio su postura y supo que ella accedería, por lo que sonrió en silencio.

—Por ahora, todo bien. No te niego que voy a sentirme incómoda durmiendo en el mismo cuarto que tú. Por lo tanto, cuando estemos dentro de él, impondremos condiciones... ya sabes, para tener algo de intimidad personal —dijo Sara de forma suave y tímida.

—Cualquiera que no te conozca pensará que eres una chica virginal.

La sonrisa irónica que ella le dedicó reafirmó su comentario.

—Lo siento, querido, esa pregunta no te la voy a responder... Te quedarás con la duda, y creo que para siempre. Dejemos el tema de mi sexualidad aparte. No deseo discutir contigo. He pasado una mañana agradable, a pesar de la separación de Timothy. Desearía que el día transcurra así. Recuerda que estamos en tregua.

—Es verdad, tienes razón. Mi intención no era ofenderte ni reprocharte nada, así que, por favor, acepta mi disculpa. Tus deseos son órdenes para mí. Te aseguro que tendrás un día agradable.

—Disculpa aceptada.

Escogieron un nuevo tema para continuar la conversación.

—¿Qué has sabido de las personas que nos seguían? —preguntó Sara.

—Según los informes de Jack, es un hecho la implicación de una banda que es dirigida por un hombre que se hace llamar Nick Martínez, usando un alias "El Listo". Encabeza la lista de los traficantes más buscados. Tiene una larga trayectoria de crímenes, negocios ilícitos y desapariciones a su costa. Las autoridades trabajan actualmente en su captura para desmantelar su red de corrupción, por ello el interés en que lo nuestro salga bien. Cuando sea apresado caerán una serie de personas relacionadas con sus negocios.

Sara asimiló toda la información y le confesó a Alexander:

—Tengo miedo a lo que nos enfrentamos. En cuanto se sientan acorralados, serán capaces de cualquier cosa.

—Es cierto, pero no te preocupes, tendremos noticias de ello, Jack está trabajando actualmente en eso, está investigando a fondo y actuará pronto. No te niego que todo es un riesgo en esta misión y que nos veremos involucrados en amenazas y acciones donde podemos correr algunos riesgos, pero hemos tomado las medidas al respecto. Esto ha sido planificado bajo esa expectativa. El alejamiento de Timothy, nuestro compromiso y luego el matrimonio abrirán las puertas para que puedan entrar, pero bajo nuestra estricta vigilancia y hasta un límite. Los estaremos esperando para poder atraparlos y cuando estén en nuestras manos, el poder de la justicia caerá sobre ellos. Nosotros recuperaremos nuestras vidas junto a Timothy y Libby y Marcus descansarán en paz

Al ver la tristeza en el rostro de la chica, Alexander decidió darle un poco de aliento.

—¡Pero por favor, vamos a comer! ¡Muero de hambre! El milagro de la reconciliación y el hecho de no haber cenado nada ayer en la noche me han provocado un hambre atroz. Llamaré al servicio para que lo dispongan todo.

— ¡Nada de eso! Hoy seré yo la que haga los honores. Aquí está todo dispuesto; no me perdería por nada en este mundo servirle mi primer desayuno a mi prometido.

Comenzó a realizar la tarea y, mientras lo hacía, conversaban sobre los alimentos saludables. La grata conversación llenó el momento de un ambiente de camaradería y risas. Desayunaron relajados, uno con otro. Hablaron del pasado, de sus gustos sobre música, cine y lectura, lo cual les llamó la atención, pues eran muy parecidos, y les permitió un acercamiento.

Sara pudo disfrutar por primera vez en mucho tiempo de la compañía de un hombre guapo y amable, nada que ver con el Alexander Walts de antes.

Capítulo 10

Sara observó su imagen de forma crítica en el espejo y pensó si estaría lista para ir de compras con su prometido. Ese pensamiento la llevó al análisis de que ese hombre que hoy le decía prometido hasta hace unos días, era la persona que lograba sacarla de quicio y abrir la caja de Pandora que todos llevamos dentro y ahora se había convertido en su guardaespaldas, su pretendiente y su amigo.

En su encuentro mañanero tuvo la oportunidad de detallarlo. Recordó lo apuesto y poderoso que estaba cuando lo vio en la terraza. La imagen la tenía grabada en su mente: su pelo negro brillante, los primeros botones de la camisa abiertos ofrecían la vista de un discreto vello oscuro que seguía el recorrido hasta el abdomen. Cuando hizo el movimiento de recoger la taza de café que ella le acercó, detalló sus manos: dedos finos y largos, con uñas bien cuidadas. Su rostro perfecto, regalándole una sonrisa permanente, lo hacía más humano, asequible

Conoció de su afición por leer y sus manías como beber una copa de vino antes de acostarse y odiaba que lo molestaran cuando jugaba una partida de ajedrez con el señor Preston.

Todo ese descubrimiento de información personal le ayudó a aceptarlo y dejar a un lado el resentimiento que le tenía. De esa forma le permitió entrar en su mundo como muestra de confianza hacia ella, lo que ha provocado una mayor atracción. Atracción que hasta ese momento no sabía cómo ocultar.

Bajó al salón erguida.

Alexander la esperaba al pie de la escalera, con las manos en los bolsillos, mirando por la ventana. Al sentir sus pasos, se giró y tuvo la oportunidad de ver el movimiento de sus largas piernas enfundadas en un pantalón vaquero que no dejaba nada a la imaginación. Ahora entendía que la belleza era el poder que tenía esa mujer para dominar a los hombres.

Sentía su libido dispararse y por ese motivo, antes de llegar a su altura, él caminó delante y abrió la puerta.

Esperó la señal que le dio el guardaespaldas para entrar al auto.

Dentro del coche se sentó alejado de ella, pero el olor a jazmín que desprendía su perfume lo envolvía en una bruma de sexualidad. Tenerla tan cerca y no poder tocarla estaba llevando su autocontrol al punto más alto de la resistencia humana. Decidió que no podía seguir todo el día con esa tortura. Tomó su móvil y comenzó a repartir las instrucciones pertinentes para el trabajo de la tarde. Colgó y se dirigió a ella.

—Ahora iremos a comprar el anillo.

Llegaron a la tienda. Los esperaba el dueño con una selección de anillos. Sara no se decidió por ninguno: los encontró ostentosos. Así se lo hizo saber a su acompañante. Él le pidió al joyero otra selección.

Cuando apareció, Alexander descubrió un diamante pequeño, sencillo, rodeado de piedras azules. Le recordó el color de los ojos de ella y le dijo al comerciante:

—¡Nos quedamos con este! Definitivamente es el perfecto... ¡Pruébatelo!

Sara comprobó que le quedaba, literalmente, como anillo al dedo. Se lo enseñó a Alexander.

—¡Perfecto! Nos lo llevamos.

—¿Parece un poco caro teniendo en cuenta las características de nuestra relación?

—Ten presente que, sea real o ficticio, tú eres mi pareja. Ahora eres mi prometida; dentro de un mes, mi esposa. Ese hecho no se puede cambiar. Escogí este no por el precio, sino porque va de maravilla con tus ojos.

Llamó la atención al joyero, quien se acercó y realizó los trámites de compra. Ella quedó sorprendida por su comentario. En su interior sintió alegría y estaba feliz de que hubiese algo en ella que a él le gustara, aunque fueran sus ojos nada más.

Al salir de allí se dirigieron a la tienda de modas.

—Ahora sigues sola.

—¡Espera! ¿Me dejarás sola? —dijo Sara, asustada.

Él la miró señalando su reloj:

—¿Qué pasa? ¿Solo llevamos setenta y ocho horas de prometidos y ya me extrañas?

Ante la broma ella sonrió.

—No te hagas ilusiones, "querido". Lo digo porque no sé cómo manejarme en este ambiente ni qué comprar.

—No te preocupes. La dueña de la tienda es amiga. Hablé con ella y está al tanto de lo que buscas. De hecho, la tienda está abierta para ti nada más; así no corremos el riesgo de que entre alguien y te expongas al peligro. Ella sabrá lo que necesitas. Solo dile tus gustos y se hará cargo de lo demás. También acércate a la tienda de bebés y compra algo. Si se filtra la información a los secuestradores, pensarán que el niño está con nosotros. Me marcho: tengo que hacer algunas llamadas e ir a la oficina a revisar el trabajo. Uno de los guardaespaldas se quedará contigo y te acompañará de regreso a la casa. Nos vemos en la noche.

Se inclinó y la besó en la mejilla, fue su primer beso un contacto suave y delicado, sintió una sensación exquisita por lo que dejo su rostro pegado al de ella unos segundos para absorber su fragancia femenina. Sorprendido por tal placentera sensación se alejó con un sencillo: —Hasta la noche.

Sara llegó a la mansión acompañada de su guardaespaldas y sufrió un ligero dolor de cabeza. Pidió ayuda a la servidumbre para subir los paquetes de la compra. La dueña de la boutique se empeñó en comprar dos docenas de fina lencería de encaje y de satén, en todos los colores; una variedad de vestidos de noche, de cóctel, diferentes trajes de baño y ropa formal. Carteras, zapatos a juego, incluyendo accesorios de adorno, de alta calidad. Un breve, pero efectivo, curso de maquillaje y peluquería para resaltar la belleza de la ropa y su piel.

Toda la tarde la dedicó a esa tarea. Se sintió como una reina; nunca había tenido esa oportunidad. Las limitaciones económicas y las obligaciones de su vida anterior no le permitían caprichos como ese. Tenía que reconocer que esos gustos ayudan a que una mujer se sienta relajada. Eso es lo que ella pretendía hasta que llegó a la casa...

Llegó a la escalera. Estaba en el primer escalón cuando escuchó una risa de mujer proveniente del salón. Sintió curiosidad. Pero recordó su posición en aquella relación. Dio unos pasos para seguir su camino, pero ahora sintió la risa de él, y eso acabó con su decoro y discreción. Entregó los paquetes que llevaba y se dirigió hacia allí.

La puerta estaba abierta. Al asomarse encontró a Alexander muy relajado en el sofá; a su lado, una fina y bella joven, le pareció conocida, pero no recordaba de donde. Llevaba una blusa con escote que enseñaba más de lo que tapaba. Una saya a juego, tan corta, que sentada enseñaba unas piernas firmes, enfundadas en medias color piel. Unos zapatos de último modelo, del mismo color de su ropa y de sus labios. Ella se sabía hermosa y fina. Aprovechaba el arte femenino para realzar ese atributo, que solo una mujer con estilo sabe adornar. Sara pensó que, si viviera en el siglo XIX, sin duda alguna sería una experta cortesana.

A pesar de ser mucho más joven que ella, demostraba que conocía cómo complacer a un hombre.

La chica la observó entrar. Alexander siguió su vista. Sara y él se miraron. Alexander se puso de pie; se acercó a ella despacio.

—¡Hola, querida! Al fin llegas —la saludó.

Alargó la mano para tomar la suya. Ella no reaccionó. Lo obligó a hacer un gesto para llamar su atención. Ella lo obedeció. Caminó, tomada de la mano, al interior del salón.

—Esperaba por ti para la cena... Como ves, tenemos una invitada. Ella es la señorita Enma Patrof. Enma te presento a esta hermosa mujer, Sara Stanford. Es la que me ha robado el corazón y ha acabado con mi vida de soltero.

La mujer hizo un movimiento de cabeza, pero no dijo nada.

—¿Deseas algo de beber antes de cenar?

—No, te lo agradezco, pero sigan ustedes... enseguida bajo.

Se soltó de la mano y caminó hacia su cuarto. Al llegar a su refugio, se paró frente al espejo y agradeció en silencio a la dueña de la tienda que la convenciera de salir de allí vestida con un conjunto de dos piezas de color azul ópalo, un perfecto maquillaje y peinado. De lo contrario, su encuentro con la intrigante señorita Enma Patrof hubiera sido humillante si se presentaba con sus viejos vaqueros.

Estaba segura de que esa mujer tenía —o quería— algo con Alexander. La mirada que la chica le dirigió al entrar le hizo saber que se había inmiscuido en sus planes. En ese momento recordó de donde la había visto por primera vez, fue en el cementerio, ella era la chica joven que no dejaba de observar a Alexander.

El resentimiento de esa joven se notaba a simple vista. Esta era otra batalla que tendría que enfrentar. Tomó pastillas para el dolor de cabeza, que se incrementó con la sorpresa, y bajó a la guerra.

Ellos se hallaban sentados en la mesa y, al verla, Alexander se paró y le retiró la silla como un perfecto caballero. La joven esperó que él se acomodara y siguió la conversación. Alexander no contestó la pregunta hecha por la chica y se dirigió a Sara:

—Querida, la señorita Enma, a pesar de su juventud, es una organizadora de fiestas muy conocida en nuestro círculo. Quería proponerte que ella fuese la encargada de planificar nuestra fiesta de compromiso.

—¡Pero, Alex! Tú, como siempre, tan reservado. No se trata solo de que soy la mejor, sino de que conozco todos tus gustos. Sé cómo te gusta que se hagan las cosas. Cariño... no por gusto hemos pasado tanto tiempo juntos... ¿No es que lo has olvidado? —dijo la chica, con una dulzura tan falsa como su sonrisa.

—Sí, en eso tienes razón. He olvidado algunas cosas. Pero lo que recuerdo muy bien es las veces que he tenido que intervenir en tus ataques y rabietas, que tanto avergüenzan a tus padres. Espero que hayas madurado un poco y ese último novio te sepa controlar —le dijo Alexander a la chica, en tono de reproche.

—¡Cualquiera que te oye! —la chica comenzó a reír, como si lo que acababa de decirle el hombre fuera una broma entre los dos. Puso una mano sobre la de él, para demostrar la confianza que existía entre ambos, y le dijo en tono confidencial—: Pareces un hombre mayor. Hablas como mi padre. Te informo que Cristofer ya no es mi novio. Rompimos la semana pasada. Soy una mujer libre... tú sabes que siempre lo he sido.

—Bueno, cambiemos de tema para hablar de algo más importante que tu vida amorosa y centrarnos en los preparativos de la fiesta.

Alexander, para darle participación a Sara, quien aún estaba en silencio, mencionó la fiesta.

—¿Deseas algo en particular, querida?

—En realidad, no sé mucho de estas fiestas. Solo quisiera que fuera íntima, algo discreto... Aún me siento afectada por lo de mi hermana.

—Por supuesto, amor, tranquila. Será algo bien íntimo. Solo invitaremos a la familia y a algunos amigos —le dijo él, sinceramente.

—¡Pero, Alex, cariño! ¿Cómo la fiesta de compromiso del soltero más codiciado de todo Londres va a ser algo íntimo? ¡Para nada! Tiene que ser una fiesta por todo lo alto —dijo Enma, sin ninguna consideración al pedido de Sara, como si fuera invisible.

Sara decidió darle a aquella muchachita un poco de su propia medicina.

En ese momento le avisaron a Alexander que la llamada que esperaba estaba en línea. Se disculpó ante las dos mujeres y abandonó el comedor.

Es el momento que Sara aprovechó para poner en su lugar a la mujer.

—Señorita disculpe pero no recuerdo su nombre. Pero eso no es importante, en este momento hablemos de mis prioridades. Primero, preguntar si vino en calidad de invitada por mi prometido o en visita oficial de trabajo.

La pregunta se hizo con un tono de voz moderado, firme, sin bajar la cabeza. Sabía que era un desafío para su oyente. Realmente esperaba que correspondiera al reto. Su mente sagaz se preparó para una guerra verbal con aquella malcriada.

—Para su información, no necesito invitación para venir a esta casa. Alex y yo nos conocemos desde hace tiempo, lo que nos da la familiaridad suficiente para visitarnos en cualquier momento. Además, estoy encantada de ser la encargada de organizar la fiesta de Alex, ambos nos movemos en el mismo círculo social, por lo que me corresponde dar mi opinión sobre lo que es mejor para preparar un evento a la altura que Alex se merece —respondió Enma, de igual forma.

—Todo parece indicar que usted no conoce la realidad de los hechos —alegó Sara, en un tono suave, sumiso.

Enma, segura de su fuerza y poder en aquella batalla, contestó de forma altanera:

—En realidad, ni sé ni tengo ningún interés en conocer los hechos de los que hablas.

Comenzó a tutear para marcar su superioridad en la discusión. Para ella, Sara no era nadie, y no podía compararse. La mirada de furia que le dirigió lo dejaba claro.

—Aquí la realidad es la siguiente: yo soy de la familia y nada ni nadie, cualquiera que sea la posición que ocupe en la casa, podrá remediar eso.

Satisfecha con su réplica, la muchacha mantuvo una sonrisa triunfante. Sara puso las manos sobre la mesa de forma suave y la miró.

—Yo no opino igual. Solo le pido que tenga en cuenta varios aspectos. Primero, que soy yo la prometida de Alexander Walts y que es mi fiesta de compromiso la que se supone que usted deba preparar. Y eso sería considerando que soy yo quien decide si esto será posible o no. Al ser yo la prometida y futura esposa de Alexander, usted, como ex amiga íntima de mi prometido, tiene prohibida la entrada a esta casa sin ser invitada. La familiaridad no tiene cabida mientras yo viva aquí. Por lo tanto, si intenta hacerlo, encontrará las puertas cerradas, por orden mía, como dueña y señora de la misma.

No hubo tiempo para réplicas, pues en ese momento Alexander hizo su entrada al salón. Sara vio preocupación en su rostro. Ella se alarmó pensando que le pudo pasar algo a Timothy, pero se mantuvo serena y desvió su mirada a Enma, quien se encontraba roja por la furia.

Sara preocupada preguntó:

—¿Todo bien con la llamada?

Alexander le sonrió.

—Sí... nada de qué preocuparse, todo está bien. Solo que tengo que hacer cambios en las fechas de las reuniones que tenía previstas desde hace meses, y eso provoca cambios de último momento en la línea de trabajo... tranquila —la calmó, conociendo de antemano cuál era su preocupación.

Miró hacia donde estaba Enma y descubrió la molestia y la furia de la chica. Preocupado, miró de una a otra y preguntó:

—¿Ha pasado algo en mi ausencia? ¿No se han puesto de acuerdo en la planificación de la fiesta?

Enma, que había estado callada, le dijo en forma brusca:

—Si realmente te interesa saber qué ha pasado aquí, deberías preguntarle a ella.

Él miró hacia Sara. Ella respondió de forma serena:

—Sencillamente, le hago saber a la señorita que aún no estamos seguros de contratarla para la organización del evento.

—¿Por qué? ¿No te ha gustado la propuesta que te ha hecho? —dijo el hombre, en tono conciliador.

—¡Esa no es la verdad! —Intervino en ese momento la joven, muy descompuesta, gritando y gesticulando con sus manos a la cara de Alexander, quien se quedó tranquilo ante el exabrupto—. ¡Ella me ha ofendido! ¡Me ha prohibido venir a visitarte! ¡Me insultó como nunca nadie lo ha hecho! ¡Y no se lo permito! ¡Y tú tampoco se lo puedes permitir! ¡Porque ella es una don nadie, una desconocida, una muerta de...!

Alexander la interrumpió de inmediato y le dijo, claro y fuerte:

—Si mencionas otra palabra de ofensa contra Sara, seré yo el que te saque de la casa y después llamaré a tu padre y le diré que me has ofendido a mí y a mi prometida. ¿Quedó claro?

La muchacha, al verse desamparada, cambió la cara de furia por una de sorpresa. Se fue transformando en una de llanto, con pucheros, como la de una niña pequeña que provoca una rabieta para salirse con la suya. Lanzó la servilleta con cólera sobre su plato en la mesa. Se paró bruscamente y salió de allí llorando como una chiquilla. Alexander la siguió, calmado, para aguantarla y pedirle a su chofer que la llevase a su casa.

Al regresar al comedor, lo encontró vacío. Dejó caer las manos al lado de su cuerpo, emitió un resoplido y dijo:

—¡Mujeres!

Capítulo 11

La tarde siguiente al incidente con la señorita Enma Patrof, Sara estaba aún furiosa. En ese momento trataba de relajarse, sin éxito, dentro de la bañera. Pensó que todo estaba en su contra. Cuando creía que había caminado dos pasos hacia delante en la relación con Alexander, ocurría algo que lo revertía. Ahora estaría furioso con ella por la forma en que trató a esa chiquilla y tal vez por no salir de su habitación en todo el día. Esa fue la impresión que le dio al salir tras la chica a consolarla. Realmente, lo que llevaba esa niña eran unas cuantas nalgadas.

Verdaderamente, ni ella misma se conocía. Siempre se había caracterizado por ser tranquila. Su rebeldía salía a flote si se sentía amenazada; el resto del tiempo era sociable. Pero esa chica la sacó de quicio. ¡Dios! Se enfureció por el incidente. Realmente, lo que la hizo enloquecer fue ver a Alexander seguir a esa muchacha como un perro faldero. Qué podía esperar. En más de una ocasión él se lo había dicho: estaban en eso por culpa del destino y una "cuestión de honor", como él lo llamó. Era honor, no amor. Él no tenía la culpa de que ella estuviese enamorada como una colegiala... ¡Dios mío! Sí, era cierto: se había enamorado de ese hombre. Su vida giraba alrededor de él. Pendiente de una sonrisa, un halago; cualquier gesto, por insignificante que fuera, la hacía vivir en las nubes. Si eso no era amor, entonces era una enfermedad.

Salió del baño, enfundada en un amplio albornoz, cuando sintió dos toques en la puerta del cuarto. Se abrió de par en par sin esperar a que ella diera autorización para pasar.

Vio al hombre de sus sueños entrar. Cerró la puerta y se paró en el centro de la habitación. Con las manos en los bolsillos del pantalón, la observó de pies a cabeza. Sara dio un paso hacia atrás. Se sujetó fuertemente el batín, lo miró y esperó a que él le explicara qué hacía allí.

Alexander la miró y olvidó el motivo de su visita. Era increíble la imagen que tenía frente a él: verdaderamente sencilla, fresca y bella como una mañana de verano. Sin rastro de maquillaje, con el pelo húmedo cayéndole hasta la cintura, era la viva imagen de la diosa de la seducción.

Miró sus labios. Le fascinaron. Le recordaron el deleite que se siente cuando pruebas el sabor de un rico manjar.

Sin provocarlo ni desearlo, ella incita a los sentimientos más profundos y carnales que puede sentir un hombre hacia una mujer y ya es hora de comprobarlo.

Caminó hacia ella, acorralándola contra la pared, pero sin tocarla pues estaría perdido si lo hacía, necesitaba la aprobación de la chica para una entrega total de cuerpo y alma para que todo fluyera perfecto entre los dos.

Sara trató de ocultar su miedo. Lo miró desafiante.

— ¿Qué estás haciendo aquí? ¿A qué has venido?

Alexander notó la inquietud de Sara, él quería y necesitaba que ella confiara en él por eso le respondió en tono bajo y sensual:

— ¿Cuál de las dos preguntas te respondo primero?

Inmediatamente sin esperar respuesta, comenzó a oler, de forma indiscreta, la fragancia de su pelo, sin tocarla.

—El olor a jazmín que desprenden tus cabellos y tu piel ha sido mi pesadilla desde que lo olí por primera vez... Tus labios han sido mi tormento desde que los tuve cerca de los míos y no podía besarlos... Esos hermosos y expresivos ojos son mi tortura. Todo este tiempo he querido comprobar si todo tu cuerpo es así de dulce y exquisito... Con esto respondo a tus preguntas; ahora es mi turno: ¿puedo tocarte, besarte y explorarte para saciar esta sed que tengo de ti y que envenena el alma cuando estás a mi lado y no puedo tomarte?

Hubo un silencio en el que solo se escuchó la respiración de ambos.

Sara, hipnotizada por lo que escuchó, dio un paso y acomodó su cuerpo al de él. Lo miró; se sabía perdida en el rostro de ese hombre y comprendió que lo amaba; el destino lo había colocado en su camino de manera especial La firme convicción de tomar lo que tanto deseaba le hizo responder:

—Eso es lo único que desea mi cuerpo en este momento... Si no lo haces, quien va a morir de sufrimiento poco a poco voy a ser yo.

Era la señal que tanto esperaban.

Se fundieron en un fuerte abrazo para no dejar escapar ninguna sensación de placer entre ellos. El ritual amoroso comenzó, se olieron y se besaron con hambre. Eran insaciables.

Él recorrió la espalda de Sara, delineando cada parte, para luego llevar sus manos alrededor de su rostro, enmarcando con el dedo índice la forma de sus ojos para no perder ningún detalle de estos, pues lo tenían hipnotizados. Capturó una vez más su boca. Bajó sus manos para explorar su cintura hasta descender con lentitud rozando la curva de su trasero. La atrajo hacia él con firmeza. El gesto, cargado de deseo la hizo estremecer, no había palabras, solo el lenguaje de los cuerpos revelando lo que ambos sentían.

Él comenzó a deshacer el nudo del batín para que cayera lenta y eróticamente. Expuesta su piel por completo, Alexander se deleitó observándola.

No pasó desapercibido por él cierta timidez en ella y eso le gustó mucho

—Eres como te soñaba: exquisita, limpia, blanca, suave, perfecta como la flor cuando abre en la mañana... ¡Tienes ese olor a jazmín impregnado en tu cuerpo!

Los halagos que recibió de Alexander le aportaron la confianza que necesitaba para alejar su timidez, desinhibirse y mostrar su deseo al desnudo.

Se acercó más a él. Comenzó lentamente a desabrocharle la camisa para admirar su pecho y luego recorrerlo palmo a palmo con la mano. Sus sentidos absorbían el deleite de lo que sus manos tocaban y sus ojos veían. La sorpresa de descubrir un cuerpo tan dotado de belleza la llevó a profundizar su exploración. Su piel tenía un bronceado parejo. Descendió su mano y se detuvo a la altura del pantalón.

—Sigue, por favor... No te detengas... —suplicó él en un susurro, para no romper el momento.

Ella obedeció. Hizo el recorrido hasta sus muslos: los encontró fuertes y duros, como todo lo que había tocado antes.

Alexander la cargó y la depositó en la cama, como algo frágil y delicado. Se desvistió a toda prisa y se acostó sobre ella para besar su boca y seguir el recorrido hasta sus senos. Los probó y besó, hasta que reclamó nuevamente su boca. Sus manos continuaron explorando el cuerpo femenino.

—Estás hecha para amar... Eres deliciosa... Tu piel desprende un olor tan exquisito que me deja sin aliento —le dijo muy bajo, al oído.

Sintió un suspiro suave de deleite. Buscó su rostro y observó cómo, con los ojos cerrados, ella disfrutaba de sus caricias; sus labios portaban una sonrisa de plena satisfacción. Descubrió cómo el halago motivaba la excitación femenina. Ese hecho le resultó deseable y fascinante.

Siguió el curso con sus manos hasta llegar al centro de su feminidad. Lo exploró suavemente con los dedos, mientras le daba un beso en la boca, frenético y ardiente. Con esa misma fuerza bajó y recorrió con los labios donde sus dedos habían estado antes. Esta vez fue su boca quien siguió dando placer al cuerpo femenino, hasta encontrar el centro que lo esperaba, húmedo y caliente.

Ella sintió algo exquisito, un calor que la abrazó. Le acarició el pelo con las manos, mientras él seguía acariciando su sexo. No pudo aguantar más y Alexander sintió su agitación.

—¡Déjate llevar, cariño!... ¡Libérate!

Sintió que su alma subía y subía hasta que pensó que iba a explotar. Llegó al límite. Comenzó el descenso suave, jadeante, satisfecha. Miró el rostro de su amante. Se sintió libre: estaba sonriente, desinhibida, atrevida, dispuesta a devolver el placer.

—¡Ha sido increíble!... ¡Maravilloso! No lo puedo creer.

—Pues prepárate: esto aún no ha acabado. Te demostraré que, cuando te unas a mi cuerpo, será mucho mejor.

—Por favor, déjame compensarte. Permíteme el placer de saborear tu piel... todo tu cuerpo... como lo has hecho tú. Quiero que sientas lo mismo que yo.

A medida que hablaba, lo iba besando, recorriendo su cuerpo con los labios y la lengua; acarició su sexo. Él lo disfrutó tanto que jadeaba y la alentó a que siguiera. No pudo más. Rápidamente hizo un giro, cambió de posición, quedando él arriba para mirar su cara. Poco a poco la fue penetrando, hasta que dio una embestida fuerte. Sara gimió de dolor. Alexander sintió la resistencia de la barrera, que se rompió en ese momento. Levantó la cabeza y la miró, preocupado.

— ¿Te hice daño? Lo siento, no sabía...

Ella colocó el dedo índice sobre sus labios para hacerlo callar.

— Tranquilo, ya pasó la incomodidad. Ahora necesito que me hagas tuya. Quiero disfrutar ser tu mujer, Alexander.

Preparado, comenzó a besarla. Esta vez la penetró suave, poco a poco, para que el cuerpo de ella se adaptara al de él. Se unieron por completo y comenzó el ritmo frenético del acto, que los llevó a la cumbre final. Juntos. A la vez.

Mientras la pareja se deleitaba en los placeres del amor, en otra parte de la ciudad la policía de la localidad apoyados por otras autoridades de los que Jack Barnad formaba parte se encontraban dentro de un almacén supuestamente abandonado y en derrumbe rodeados en una efervescente actividad de recopilación de evidencias. Jack era un verdadero profesional y llevaba tiempo ejerciendo su profesión por lo que tenía ex clientes muy influyentes que estuvieron dispuestos a entregarle alguna información sobre el grupo criminal que buscaban. Estaban allí porque ese era una de las guaridas de la banda del llamado Nick Martínez. Encontraron cargamentos valiosos para el narcotráfico, pinturas originales y sus respectivas copias y hasta un contenedor cargado de personas, sobre todo mujeres jóvenes de diferentes nacionalidades que habían sido secuestradas para el trato de personas. A pesar de haber recuperado todo, no pudieron apresar ni a los hombres ni al jefe de ese negocio ilícito. Parecía que habían sido alertados y se habían marchado unos minutos antes de la redada pues no les dio tiempo a desasearse de aquellas evidencias.

Capítulo 12

Sara despertó en su cama, sola. El único indicio de que Alexander había pasado la noche allí era la marca de su cabeza en la almohada y el dolor que sentía en algunas partes de su cuerpo por lo que habían estado haciendo toda la noche.

No había sido una vez, sino tres las que hicieron el amor, siempre de una forma diferente. Alexander fue un amante increíble. Ella, como novata, quería aprender el arte de amar.

Nunca, ni en sus más hermosas fantasías, imaginó que hacer el amor fuese tan placentero y satisfactorio. Había leído sobre el tema e incluso había visto muchas películas donde lo demostraban, pero nunca pensó que sería tan maravilloso. Sabía que eso se debía al amor que sentía por ese hombre...

Con ese pensamiento se levantó y se preparó para desayunar. Al bajar, la doncella le dijo que el señor se había marchado desde temprano. Se fue sin una nota, sin una despedida, solamente un recado frío a través de otra persona. Qué difícil de entender era Alexander. Tenía que esperar para ver qué pasaría a partir de ahora.

Acababa de desayunar cuando le avisaron de una llamada telefónica. La voz de Alexander al otro lado de la línea reactivó sus sentidos y una alegría interior la invadió en el momento.

—Hola... ¿Cómo te has despertado?

—Muy bien. De hecho, hacía tiempo que no era así... —le contestó ella, y a la vez preguntó—. ¿Tú qué tal lo has hecho?

—¿A qué en particular te refieres? ¿Amanecer o hacer el amor?

—Ambas... —respondió ella con una sonrisa en los labios.

Alexander se imaginó esa sonrisa.

—No me sonrías así. Eso es algo que me debilita.

Al escucharlo, ella miró hacia todos lados buscándolo.

—¿Dónde estás ahora? —preguntó intrigada.

—¿En realidad quieres saber?

—¿Por qué sabes que estaba sonriendo? Por eso lo pregunté.

—Aunque no lo creas, te voy conociendo. Por tu tono de voz sé que estás sonriendo. Quiero imaginarte así. Brillas cuando sonríes... En cuanto a lo otro que preguntas, estoy lejos de casa. Salí antes del amanecer para visitar a Lucy, mi madrastra. Recuerda que lo tenía pendiente. A eso fui a tu habitación anoche, a recordártelo... También pretendía decirte que ayer llamó la dueña de la boutique para confirmarte que a la una tienes cita con el modisto para lo de tu ajuar.

—Ah, gracias. De todas formas estoy segura de que ella me llamará —dijo Sara, decepcionada por no poder verlo.

—¿Cuándo regresas?... —Al darse cuenta de lo que había dicho, temió parecer una esposa exigente, por lo que justificó rápidamente su pregunta—. Solo lo preguntaba para saber si llegarás a tiempo para la cena de esta noche con el resto de la familia.

—También era algo que iba a informarte anoche: se pospuso para mañana en la noche. Es posible que no duerma hoy en casa, no sé cómo Lucy recibirá la noticia y quiero estar para apoyarla en lo que le haga falta. No me esperes esta noche. Otra cosa: no vayas a salir sin el guardaespaldas.

¿Qué le pasaba a ese hombre? Lo vivido la noche anterior había sido maravilloso para ella, pensó que también para él. La persona que hablaba con ella ahora se sentía distante. Algo pasó. No era el momento de preguntar, esperaría a su regreso y abordaría el tema.

—No te preocupes, sabes que sé cuidarme bien. No saldré sin el guardaespaldas. No siempre soy tan imprudente... —respondió ella.

—No esperaba menos de ti. Cuídate y mañana nos vemos. Hasta mañana.

Así de fría y seca terminó la primera conversación con el hombre con quien había pasado una noche maravillosa.

Sara caminó a su cuarto, valoraba de manera crítica su encuentro anterior con Alexander, por lo que pensaba que para él solo fue sexo, es cierto que fue espléndido y maravilloso en lo físico, pero en cuanto a lo emocional no hubo nada más que lo carnal,

En ese momento sintió la fuerte convicción de que Alexander nunca sabría lo que ella sentía por él. Adoptaría una actitud indiferente e impersonal. No sospecharía nada. No volvería a cometer el error de acostarse con él.

Se preparó para ir a la boutique. Otra vez estaba destrozada, ahora por no ser correspondida.

Sara regresó a la casa después de pasar parte del día con el modisto. Inmersa en su dilema emocional, miraba por la ventanilla del coche cuando se dio cuenta que han pasado por la misma calle dos veces. Ese hecho llama su atención y se acerca a la ventanilla que la une al conductor y su acompañante para dirigirse a ellos:

—¿Disculpen, todo anda bien? Es que he notado que damos vueltas en círculo.

—No se preocupe señorita, estamos tomando precauciones porque...

En ese momento un auto negro los rebasó a toda velocidad. Ella se inquietó y preguntó:

— ¿Qué ha sido eso?

—Aun no sabemos señorita, pero por si acaso abróchese el cinturón. Cambiaremos de ruta y pediremos refuerzos — le contestó su guardaespaldas.

Sara obedeció de inmediato. Miró hacia todos lados, todo parecía normal pero comprobó que su auto había aumentado la velocidad, así estuvieron unos minutos hasta que al llegar a una intersección aparece un auto negro que se acercaba a gran velocidad.

Su instinto se puso alerta e inmediatamente alertó al chofer:

— ¡Cuidado con ese auto! ¡Si no se apura, colisionará con nosotros!

—Ya lo vimos, señorita. Tranquila, ya tomamos nuestras medidas, el refuerzo viene en camino. Manténgase acostada en el asiento. ¡Aguántese fuerte, por favor!

El coche donde venía Sara salió disparado, ella acostada en el asiento trasero sentía como la aceleración le comprimía el cuerpo al respaldo. Escuchaba el chirrido de gomas al doblar una esquina por encima de las voces de sus acompañantes que hablaban bajo pero muy rápido entre ellos. Oyó las indicaciones al chofer sobre la dirección a seguir a través del alta voz del auto:

—Toma un atajo que hay en la siguiente entrecalle... incorpórate al otro lado de la carretera... ¡Cuidado están a 60 metros de tu parte trasera!... Acelera ahora... Sigue recto... Muy bien... Ya los refuerzos están tras ellos... Tú sigue recto... No pares...

Sara, temerosa y preocupada, se cubrió sus oídos para evitar escuchar tan alto las voces dentro de su auto que la inquietaban aún más y cerró los ojos. La voz fuerte de su guardaespaldas la hizo salir de su letargo y prestarle atención:

—¡Se encuentra usted bien señorita!

Ella respondió afirmativamente con un movimiento rápido de cabeza.

—Ya estamos llegando a casa, el resto del equipo está aquí con nosotros. Tranquila todo pasará rápido.

Sara con las manos temblorosas en el pecho rogó por su vida. Así llego a casa, al bajar del auto se dejó llevar por los hombres que la cuidaban en ese momento, que al verla pálida, le preguntaron preocupados cómo se encontraba.

Ya dentro de la casa mucho más tranquila les dijo:

—Estoy bien, gracias. Un poco asustada, pero bien. Quiero agradecerles por lo bien que lo han hecho hoy. Gracias de verdad. Lamento que esto ocurriera.

—No se preocupe, señorita. Recuerde que para eso estamos nosotros. Ahora vaya a descansar, todo ha salido bien.

Esa noche, acostada en su cama, Sara pensó que los hombres que los perseguían eran un peligro porque estaban dispuestos a todo por capturarlos. Tal vez lo ocurrido a ella en esa tarde fue lo mismo que les pasó a Libby y Marcus. Ellos no tuvieron mejor suerte. A partir de ahora debía estar alerta. Alexander tendría que tener cuidado también pues podría estar en peligro en esos momentos.

Sintió el teléfono al lado de su cama. Era Alexander, preocupado, que quiso saber cómo estaba. Jack le había avisado de inmediato. Después de asegurarse de que todo estaba bien y de que Timothy estaba seguro, se despidió. Sara se había tomado un relajante que la transportó a un sueño profundo.

Capítulo 13

Sara estaba lista para recibir a la familia de Alexander. Para la ocasión había elegido un vestido de noche negro, ajustado, de cuello alto y sin mangas, que le llegaba hasta los tobillos. La espalda quedaba completamente descubierta: el escote comenzaba en lo alto del cuello y terminaba al final de la columna.

Se recogió el cabello en un alto moño, dejando algunas mechas doradas al descuido que suavizaban la rigidez del peinado. Llevaba únicamente unos sencillos aretes de oro heredados de su madre y el reluciente anillo que Alexander le había comprado. Completó su atuendo con unos zapatos altos y esqueléticos también en negro. Se maquilló de manera discreta, iluminando ojos y labios, lo que le daba un aspecto sencillo pero exótico. La blancura de su piel resaltaba aún más con el contraste del vestido. El último toque fue un poco de perfume. Estaba lista para bajar.

No esperó a Alexander. En realidad, no sabía si había regresado. No lo había visto, aunque se había pasado un buen rato mirando por la ventana de su cuarto. Tampoco se atrevió a preguntar a la servidumbre: llamaría la atención que, siendo su prometida, no supiera nada de él.

Al abrir la puerta, se encontró con el hombre que ocupaba su mente, vestido con un esmoquin que realzaba su elegancia. Traía un estuche en una mano y con la otra estaba a punto de tocar la puerta. Ella lo miró, se repuso y le dijo con calma:

—Justo a tiempo. Ya me disponía a bajar sin ti.

—Ya veo. ¿Por qué no ibas a esperarme? Se supone que debemos bajar juntos. ¿No crees que eso llamaría la atención?

—Es que no sabía de tu llegada. No me avisaste a qué hora volverías y, cuando llegaste, tampoco lo hiciste. Como comprenderás... dotes de adivina no tengo.

A él no le pasó desapercibido su tono irónico.

—Es cierto, no te avisé. Nada justifica que no lo haya hecho. Tuve mis motivos, que no te diré ahora. No obstante, te pido disculpas y, para compensarte, te he traído esto.

Le entregó el estuche. Al abrirlo, una pulsera de oro adornada con diamantes brilló bajo la luz.

—Está preciosa. No tenías que haberte molestado. Primero, no me tienes que compensar nada. Segundo, ya tengo suficientes accesorios para mis trajes.

Alexander bajó la cabeza, respiró suavemente y luego la miró.

—Insisto en que la lleves hoy. Cuando acabe la noche, si no la quieres, déjala por ahí. En otra ocasión la necesitarás.

Ella comprendió que lo había enfadado con su insolencia y ese no era su objetivo por lo que quiso suavizar las cosas.

—Está bien, pónmela. En realidad es bellísima. Gracias por el detalle. No obstante, cuando acabe todo, te la devolveré junto al resto de las cosas.

Con la pulsera brillando en su brazo, se adelantó y esperó en lo alto de la escalera. Alexander se acercó a ella:

—Te pedí disculpas por no haberte avisado de mi llegada. La pulsera es un regalo para ti por el mal rato que pasaste ayer en la calle. Confieso sentirme culpable por no estar aquí para protegerte. Te lo prometí y te fallé. No tienes nada que devolver. Tu mal humor y el resentimiento déjalos aquí. Recuerda que somos una pareja de enamorados que se van a casar dentro de unos días. Si no logramos convencer a nadie, será Timothy quien salga perjudicado... o uno de nosotros dos. Si tienes alguna duda, solo recuerda el susto de ayer. ¡Compórtate!

La mención del nombre del niño hizo que Sara reconociera su actitud infantil. Alzó la vista, extendió su mano y dijo:

—¡Hagámoslo!

Tomados de la mano, bajaron las escaleras hacia un salón repleto de familiares. La noche transcurrió sin dificultad. Alexander se encargó de las presentaciones y contó cómo se conocieron. Habló de la existencia de Timothy, lo que provocó en algunos asombro, en otros llanto por la tragedia y, en algunos, desconfianza, como en una tía política de Alexander.

La señora insistió en conocer al pequeño, pero Sara explicó que, debido al cambio de rutina tras la muerte de sus padres, el personal médico recomendó que se acostara temprano. Para complacerla, mostró un video con fotos del niño desde su nacimiento, la mayoría de cuando aún era bebé.

Todos quedaron conformes al ver el parecido inconfundible con la familia y, sobre todo, con su padre, Marcus. Luego cenaron tranquilamente y la conversación fluyó favorablemente.

En un momento, cuando los novios bailaban a petición de la familia, Alexander le susurró al oído, conociendo el efecto que eso provocaba en ella:

—No he tenido oportunidad de decirte que esta noche estás impresionante. Has deslumbrado a todos con tu belleza y carisma. Eso ha permitido que todo haya salido bien.

Dicho esto, la atrajo más a su cuerpo y aspiró su fragancia femenina, esa que lo volvía loco y le hacía recordar los momentos más intensos y ardientes de su vida.

— Tú también estás muy bien. Gracias por la pulsera y por ser tan paciente conmigo— respondió ella.

Tarde en la madrugada, los dos últimos invitados se marcharon. Uno de ellos, reportero de la revista más popular del país y amigo de Alexander, aprovechó para realizarles la entrevista exclusiva en ese momento.

Frente a ella, Alexander volvió a fijar las manos en los bolsillos, costumbre que adoptaba cuando la tenía cerca para no tomarla en brazos. Solo la miró.

—Sube, ve y descansa. Te ves agotada. La noche ha sido intensa.

Él, esperanzado, esperaba que ella tuviera la iniciativa de invitarlo a subir, ella, ansiosa, esperaba lo mismo de él. La invitación no llegó por ninguna de las partes. Se desearon buenas noches. Cada uno siguió su camino.

Ella se retiró a su cuarto, dejando al hombre en las escaleras. Él se dirigió a su estudio a tomar una copa de algo fuerte, la primera de la noche. Ahora la necesitaba para calmar la sed que esa mujer le provocaba. Iba a ser una noche muy larga.

CAPÍTULO 14

Semanas después, Alexander y Sara estaban sentados tomando café en el comedor de la casa. Al día siguiente sería la fiesta de compromiso. Habían sido días de mucho trabajo y compromisos para ambos.

En ese momento los dos tomaban un descanso. Ella había estado dedicada a la preparación de la fiesta. Él estaba al día con el negocio: preparó y adelantó incluso la apertura de un nuevo hotel antes de celebrarse la boda.

Los días anteriores trabajaba temprano en la mañana y terminaba tarde en la noche. De esa forma no veía a Sara al llegar a la casa. La frustración era extenuante entre ellos; por eso la evitaba.

—Todo está preparado... solo falta la confirmación de tu madrastra —le dijo Sara.

Alexander, serio y callado, leía el periódico; respondió con un sonido que ella no supo identificar. Ella volvió a intentar entablar conversación.

—Espero que todo sea de tu agrado, teniendo en cuenta que no contraté a tu ex para organizar la fiesta.

Al escucharla, bajó un poco el periódico, la miró y respondió en tono seco:

—Enma Patrof nunca fue, ni será, mi amante. A ella solo me une la amistad que tengo con su padre, a quien le debo mucho en la vida y en los negocios. Un hombre de honor y respeto. Nada que ver con su hija. Si le ofrecí el trabajo fue porque su propio padre me la recomendó. No quise herir sus sentimientos. Fue él quien la indujo a encontrar un trabajo. La ayudó para separarla de la vida que llevaba.

—Lo siento. Esa parte era desconocida para mí. Si te dije lo de "ex" fue porque ella no dejó de insinuarme en todo momento... —imitando la voz de Enma—: "¡Alex, cariño!, esto, aquello, que somos íntimos y conozco todos tus gustos porque pasamos mucho tiempo juntos", y no sé cuántas cosas más. Además, cuando se fue, corriste tras ella a consolarla —le dijo en tono de reproche.

—Lo hice para evitar que se fuera en ese estado. Traté de persuadirla hasta que mi chofer la llevara a su casa. Por cierto... nunca mencionaste qué pasó ese día para que se pusiera tan alterada —comentó él de forma casual.

—Nada. Solamente le di un jarabe de su propia medicina. Desde que llegué su intención fue de molestarme a toda costa. Sin embargo, eso no tuvo importancia para mí. Lo que me molestó fue que no tuviera la más mínima consideración con el pedido de hacer íntima la fiesta por el luto. Como si fuera ella la prometida y la fiesta la suya. Te aseguro que se lo creyó de verdad. Solo la saqué de su error y no aceptó que fuera yo.

—Total, para el caso es lo mismo quién fuese la prometida, para lo que hace la real.

El comentario, dicho a la ligera por Alexander, agotó la poca paciencia que ella había contenido.

Sara le bajó el periódico de un manotazo y, embravecida, lo atacó:

—¡Sí! ¡Es verdad! ¡Lo mismo digo! Ella actuaría igual si tuviese por prometido al hombre frío y desapasionado que tengo yo.

Él tiró el periódico sobre la mesa. La miró enfadado.

—¿Acaso te has preguntado por qué estoy así? A ver, dime, chica lista, tú que tienes una respuesta para todo.

—¡Resulta que ahora soy yo la culpable de esta situación! "El señor" es un santo. Déjame decirte que el culpable de todo eres tú y solo tú.

Alexander, consciente de a qué se refería, le rebatió:

—¿Sí? ¿No me digas? Como si tú no hubieses estado dispuesta... y ansiosa, además.

Ella se levantó de la silla. Estiró la mano para abofetearlo. Él, sabiendo que era más fuerte y ágil, le tomó la mano y la atrajo a su cuerpo. Le habló por lo bajo, mirándole el rostro:

—Te dije una vez que nunca más repitieras eso que querías hacer. Si lo hacías, recibirías el castigo que lleva. Ahora... te lo has buscado.

La cargó sobre su hombro. Subió las escaleras como si llevase una pluma. Ella le gritó:

—¡Bájame! ¡Cerdo engreído! ¡Canalla! ¡Maldito! Eres vil, abusas de mí porque eres más fuerte, pero no lograrás nada, ¿oíste?...

Alexander la dejó sobre la cama de su cuarto, presionó su cuerpo con el de él, le subió los brazos por encima de la cabeza, la miró y la atacó verbalmente:

—¿Sabes por qué lo hiciste? Porque estabas dispuesta a llamar mi atención para que te hiciera esto. Tu cuerpo necesita que te arroje en la cama y te haga el amor de forma salvaje, como la última vez. Lo lograste; lograste llamar mi atención. Eso es lo que voy a hacer. Te besaré y adoraré hasta que me digas que pare, que ya no aguantas más...

Mientras lo decía, bajó la cabeza suavemente y se apoderó de su boca de forma maestra, para que ella se rindiera bajo su hechizo y sus caricias.

Eso fue, literalmente, lo que pasó. Se desprendieron la ropa y se acariciaron profundamente. Sus bocas se encontraron con ansias reprimidas. La lujuria salvaje dio paso al deseo intenso.

Todo el rencor y la esquiva quedaron atrás para dar paso a un ardiente encuentro y una pasión incontrolable. Toda una explosión de pasiones encontradas que bien podían tener como base un gran lazo de amor

A las ocho de la noche aún reposaban pegados, abrazados y satisfechos en el cuarto. Nadie los molestó. Todos sabían lo que allí ocurría. Pero el hambre que sentía el cuerpo de Alexander era insoportable. Se levantó sin hacer ruido, para no despertar a Sara, que dormía profundamente en el lecho.

Mientras se vestía, la observó. Ella tenía razón: era un canalla, un bastardo. Bajo las circunstancias, se había aprovechado de su inocencia. Había descubierto, la primera vez que hicieron el amor, que ella era virgen. Se sintió deplorable, un hombre sin escrúpulos.

La vez anterior había abandonado el cuarto antes del amanecer. Había huido de allí con el pretexto de ir a ver a su madrastra. Cuando la llamó para disculparse y decirle que no volvería a tocarla, le faltó valor. Si lo hubiese sabido, no la habría tocado, ni antes ni después. ¿Quién lo diría? Pensó que ella tenía experiencia con los hombres.

Siempre habían hablado del pasado familiar, pero no del romance. Al final, ella había dedicado toda su vida a los demás: una mujer admirable, luchadora. Le había entregado el sello de su inocencia... Igualmente, estaba lo de su descuido al no usar protección. Un hombre de su experiencia, que se pasaba la vida criticando a Marcus por eso. Ahora era su turno de ser el irresponsable. Si estaba embarazada, razón de más para intentar tener un verdadero matrimonio. La amaría y la respetaría por siempre porque, en honor a la verdad, esa mujer lo volvía loco. Tenía que convencerla de que él la amaba. Eso del matrimonio ficticio ya no procedía. Iban a ser marido y mujer, porque la quería con todas las fuerzas de su ser.

Era el momento de conocer los sentimientos de ella hacia él. Esa sería su estrategia para lograr hacerla suya.

Observándola en el espejo, vio cómo el vestido moldeaba su cuerpo. Alexander la encontró una hora antes de comenzar la fiesta de compromiso. Estaba elegante, con un vestido de corte princesa, color azul cielo. Le delineaba la fina cintura y remarcaba los senos redondos con un modelo tipo top. Terminaba en una amplia falda larga hasta los pies, de tafetán y tul del mismo tono, que producía un suave sonido con cada movimiento. Como adorno, llevaba un sencillo trabajo en hilos de plata que cubría de forma inclinada la mitad del traje de los senos a los pies. Las joyas que lucía —gargantilla, pendientes y peineta de diamantes— se las había regalado Alexander y hacían juego con la pulsera que le entregó el día de la cena familiar. Él las había encargado con anterioridad, como regalo para esa noche. En su mano portaba con orgullo el anillo de compromiso, porque ahora su compromiso era de verdad. Lo ficticio quedó atrás desde la noche anterior.

—Estás admirable; pareces una reina, mi reina reluciente... y muy, pero muy deseable —le dijo al oído, rodeándola por la cintura por detrás y pegando su rostro al de ella—. Nunca me cansaré de decirte lo hermosa que eres. Con ropa o sin ella... aunque, de la segunda forma, me gustas mucho más.

Ella sonrió con la satisfacción de una mujer enamorada y miró el reflejo de ambos en el espejo.

—¿Nunca te han dicho que eres un encanto cuando quieres?

—Si lo han hecho alguna vez, la verdad no lo recuerdo. Pero sí recuerdo a una hermosa mujer gritándome "canalla", "imbécil" y no sé cuántas ofensas más. Eso sí, te puedo asegurar: nadie jamás se había atrevido a hacerlo —dijo él en tono de broma.

Ella se giró para quedar de frente:

—Pues mira, si cada vez que te diga eso voy a recibir el castigo que me diste, no me cansaré nunca de repetirlo cada noche.

—¡Eso me preocupa mucho! ¿Será que te has vuelto masoquista?

Sara sonrió abiertamente.

—Contigo seré lo que tú quieras que sea, cariño.

Alexander la miró con ternura. Era el momento de expresarle sus sentimientos. Esta era la oportunidad perfecta, el momento indicado

—Sara, querida... Quisiera que pusieras atención un momento. Tal vez no es el mejor instante, pero tengo que decirte... bueno, decirte y confesarte que yo...

En ese instante tocaron a la puerta y desde fuera dijeron:

—Señor, perdone, pero necesito hablar un momento con usted...

Alexander miró a Sara.

—Esta noche hablaremos, te lo prometo. Ahora el deber me llama.

Le dio un beso en la nariz y se volvió para abrir. Al ver que era el propio Jack Barnad quien lo buscaba, salió de la habitación.

—Hola, Jack. ¿Qué pasa?

—¿Podemos conversar... en otro lugar?

Alexander lo llevó a su estudio.

—Toma asiento, amigo. Cuéntame qué pasa. Te escucho.

—Se trata de Nick Martínez. Tengo noticias que aportar al caso que esclarece porque esa inquina personal de ese hombre contra tu familia en particular. Todo está relacionado por la humillación, la traición, las amenazas y las cuantiosas pérdidas que Marcus, por un motivo u otro, le provoco a este hombre, por eso comete el acto de venganza contra él. No es hasta después de la muerte de tu hermanastro que Martínez conoce que Marcus tenia en su poder información altamente calificada que lo compromete a él y a varios de sus más importantes e influyentes socios.

—Explícate por favor.

—Nada, que tal vez Marcus avizorando en lo que estaba inmerso por tomar malas decisiones quiso salvaguardar la vida de su nueva familia y tomó medidas al respecto. Aprovechó su influencia y recopilaba evidencias e información importante sobre todo lo que hacía Nick Martínez, por ello necesita desesperadamente encontrarla y destruirla porque conoce que quien lo tenga en su poder lo tiene a él y a muchos más en sus manos. Su círculo se está cerrando y se sabe acorralado, está desesperado, al punto que hoy asistirá a tu fiesta de compromiso.

Alexander inmediatamente se puso en alerta.

—Desgraciado. Hay que extremar las medidas de seguridad, Sara no puede correr ningún riesgo.

—Tranquilo amigo, esa es mi prioridad, ese es mi trabajo, confía en mí. Se han tomado todas las medidas de seguridad, dentro y fuera de la casa y en la organización del evento. Todo el personal está bajo nuestro mando. Solo queda que, tanto tú como la señorita Stanford, hagan bien su actuación en público y no solo me refiero a mantener la serenidad y la calma para no levantar sospechas, sino también de que representen su papel de enamorados como nunca. ¿Tienes preparada la intervención?

—Sí, todo listo.--- emitió un resoplido de impaciencia.---Si pudiese evitarle este mal momento a Sara lo haría sin pensarlo. Desearía acabar con este asesino con mis propias manos.

—Te entiendo, pero la ley no funciona así y lo importante no es eliminarlo, sino que mientras viva pague todo el daño que ha hecho a la humanidad.

—Sí, lo sé perfectamente, pero eso no me impide que me preocupe Sara, ella ha pasado por mucho sufrimiento y pérdidas por causa de este hombre. Solo quiero pedirte que, en caso que sucediese algún incidente por pequeño e insignificante que parezca cuides a Sara. No la pierdas de vista: quiero que seas su sombra. Cuando salga del salón, tiene que haber alguien con ella, siguiéndola de cerca, prueba su bebida antes de que la tome, todo lo que haya que hacer para que esté segura. Escucha: ella es tu prioridad esta noche. Tenlo presente.

Jack sonrió suavemente al escuchar las palabras y la preocupación de su amigo.

—Veo un cambio en tu actitud hacia la Señorita Stanford y eso solo demuestra que existe la posibilidad de que esté surgiendo algo hermoso entre ustedes y sería muy beneficioso, pues ustedes tienen obligaciones de por vida muy personales que llevar. De verdad me alegra. Llevas mucho tiempo solo y ella es perfecta para ti. Es una mujer especial y lo será contigo. Créeme: si algún día encontrara una mujer de la talla de Sara Stanford, dejaría mi vida de peligro y me dedicaría a la familia. Los años pasan y lo que antes era gratificante, ahora la soledad lo empaña. No pierdas la oportunidad. La felicidad está tocando las puertas de tu corazón. ¡Ábrelas! ¡Déjala entrar! ¡Aprovéchala!

Pocas personas en el mundo conocían la amistad de estos dos hombres, que empezó siendo niños cuando Alexander vivía con su madre. A pesar de llevar vidas diferentes, nunca dejaron de comunicarse y ayudarse.

—Gracias, Jack. Sí, soy consciente de la formidable mujer que es Sara. Te confieso que la amo, más que a mi vida. Esta noche, si todo sale bien, le declararé mi amor. Así el matrimonio será para siempre —suspiró Alexander—. Solo espero que ella me corresponda.

—¿Pero, hombre? ¡Eso sí que no me lo esperaba! ¿Estás inseguro? ¿Es que no sabes lo que ella siente por ti? Entonces estás ciego. ¡Esa mujer te ama, amigo! Sí... no me mires así, se nota. Se ve en la forma en que te mira cuando cree que nadie la observa. Cuando no estás en casa está pendiente a la ventana a tu regreso. Persigue las crónicas económicas para saber algo de ti... y no me preguntes cómo sé todo eso. Ya sabes: mi trabajo es ese, saber la vida y secretos de todos. ¿Piensas que prepararía el plan del matrimonio si ella hubiese sido una oportunista, interesada y fría? Si es así, entonces, amigo, no me conoces tan bien... o el amor te tiene ciego.

Jack sonrió y le puso el brazo sobre el hombro.

—Tranquilo, todo saldrá bien, ella y tú estarán bien Ahora prepárate... —miró el reloj—. ¡Llegó la hora!

Salió de la habitación y Alexander se habló así mismo:

—¡Dios, qué imbécil y bruto he sido! Es hora de remediar esto.

Salió del despacho para hablar con Sara.

Sin tocar, entró al cuarto. Sara se retocaba el maquillaje con su ayudante, que al verlo se despidió y los dejó solos.

—Escúchame, Sara. Acabo de hablar con Jack.

—¿Le pasó algo a Timothy?—preguntó, rápidamente, preocupada.

—No, nada. Él se encuentra muy bien. El asunto es otro. Por favor, escúchame: no tenemos mucho tiempo; los primeros invitados están llegando. El caso es que...

Alexander le relató la primera parte de la conversación con Jack. Le explicó lo importante que era, en ese momento, mantenerse serena y tranquila. Le transmitió confianza y seguridad.

—Yo no me separaré de ti. En caso de que lo haga, nunca estarás sola...

Ella puso la mano sobre las suyas, se sentó a su lado y lo miró con adoración.

—Yo estoy tranquila. A tu lado ese sentimiento nunca me abandona. Ya te lo había dicho una vez; ahora te lo aseguro: todo saldrá bien.

—¡Esa es mi chica! ¡Vamos!

Juntos, tomados de la mano, bajaron al salón.

Capítulo 15

La fiesta estaba en pleno auge. La conversación fluía en cada rincón del salón. En el centro, Sara y Alexander bailaban muy juntos. Ella, con el rostro pegado al pecho de él, escuchaba los latidos de su corazón. Alexander apoyaba la barbilla sobre la cabeza femenina.

Disfrutaban del baile como si estuviesen solos; era la primera vez que bailaban de esa forma, entregados el uno al otro, demostrando sus sentimientos al grupo de personas que se encontraba allí. Junto a ellos, dos o tres parejas se movían tranquilamente, gozando de la quietud que aparentemente había en el lugar.

Más allá, un par de ojos los observaba, estudiando cada uno de sus movimientos para sacar partido de ello. A eso había ido: a buscar información. Era un hombre frío, sin escrúpulos, obsesionado con el poder que da el dinero, imponiéndolo a través del chantaje, la corrupción y la muerte. Era un digno discípulo del filósofo Maquiavelo: para él, el fin justificaba los medios.

Su fin, en ese momento, era atravesar la muralla que le había puesto la familia Walts, sobre todo el magnate.

El hermano pequeño Marcus Walts había sido la causa de grandes pérdidas económicas. Había robado dinero y clientes muy importantes. Se unió a este chico porque realmente tenía ambición, era como él, le gustaba el dinero y el poder que este aporta. Además, utilizaría la influencia de ese apellido ilustre para abrir los caminos en la alta sociedad, por otra parte, estaban forrados en plata, pero aquel niñato ricachón, aquel debilucho imbécil lo echó todo a perder, por su inmadurez, sus vicios y su cobardía sus mejores complejos nocturnos y hoteleros fueron incautados por la policía nacional y la Interpol, para colmo había perdido su almacén más importante con todas sus pertenencias más valiosas para sus negocios.

Pero lo más preocupante es que conoció que el listillo de Marcus Walts tenía en su poder importante información sobre sus negocios dentro y fuera del país que comprometía a altos funcionarios y personas muy influyentes. Ese desgraciado había acabado con su vida, ahora tenía a la justicia tras sus pasos y a personas muy importantes exigiendo cuentas.

Por su culpa tuvo que desaparecer, convertirse en un fantasma, cambiar su nombre, su identidad, su forma de vida y la manera de hacer negocios y en su mundo, en su círculo de vida eso era una humillación. La fortuna que había amasado durante años quitando a todo obstáculo del medio y poniendo su propia vida en juego por la cantidad de enemigos que había hecho, se había quebrantado por culpa de Marcus Walts.

Nick Martínez, motivado por el odio estaba decidido a recuperar todo lo que había perdido y ese sería Alexander Walts, pues el otro imbécil y su mujercita ya le habían pagado con su vida.

Este Walts era peligroso: duro, difícil de alcanzar, escurridizo. Por eso estaba allí, rompiendo una de sus reglas de oro: no involucrarse directamente con sus víctimas. Tenía que ser precavido: la vigilancia en el salón era extrema, lo comprobó;

había cámaras de seguridad por doquier. Realmente, aquella casa era un fortín, pero tenía que encontrar la manera de llegar a él para buscar donde estarían esos documentos que le era de suma importancia recuperar Este Alexander, ingenuamente y sin proponérselo, le había declarado la guerra; había que encontrar su punto débil.

El famoso chiquillo del que tanto se habló no estaba allí: lo dijo el propio Walts, lo cual comprobó uno de sus hombres. Ahora tenía que observar y encontrar el hueco en el muro de la vida del magnate para acceder a su mundo.

Descubrir su debilidad. Todo hombre la tenía. Solo debía encontrar cuál era la de este en particular para poder intercambiar intereses.

Terminó la canción. La pareja se dirigió a la mesa a comer un aperitivo. Alexander estaba alerta. Observó a un hombre acercarse a su lado:

—Buenas noches, señor Walts. Permítame felicitarlo doblemente: por su compromiso y por la fiesta, que ha sido todo un éxito. Mañana la prensa se deshará en halagos. Asimismo, con todo el respeto que se merece, su prometida es muy bella.

Alexander lo miró desde su altura. El hombre era alto y corpulento, con buena figura para su edad, pero le llegaba a Alexander a los hombros.

—Muchas gracias. Me alegra que se sienta a gusto entre nosotros. No tengo el placer de conocerlo.

—¡Perdone usted mi mala educación! Estoy aquí en calidad de invitado del señor Alain Murtón, presidente y director ejecutivo de la Compañía Murtón Electronic. Su esposa, a último momento, se indispuso y yo asumí el papel de invitado de mi amigo y socio. Mi nombre es Nick Martínez. Le aseguro que es un placer conocerlo personalmente...

Le extendió la mano en señal de saludo. Alexander lo miró serio; esperó unos segundos y le dio la mano.

—No conocía su sociedad con el señor Murtón. Pero, si es su acompañante, siéntase a gusto en esta casa. Ahora, si me disculpa, llevaré a mi prometida al jardín a saludar a unos amigos. Con su permiso.

Tomó a Sara por la cintura y se la llevó al jardín. La sentó en un banco y notó sus temblores recorrerle todo el cuerpo.

—Tranquila, cariño, tranquila.

—¡Bastardo! Hijo de... ¿pero qué desfachatez la de ese hombre? Colarse en la casa y presentarse solo.

—Recuerda que él no puede saber que conocemos su identidad, teniendo en cuenta que sea el verdadero. A lo mejor es una pantalla. El propio Jack dijo que ese no era su modo de operar. Tranquila... Lo tenemos en la mira y contamos con el factor sorpresa. Ahora, por favor, no te separes de mí ni un momento.

Ella suspiró, resignada.

—Te dije que no voy a cometer ninguna imprudencia y no pienso separarme de ti.

—Volvamos adentro, a ver qué nos depara la noche.

La tomó de la mano y entraron juntos al salón, interactuaron con los invitaos pero siempre con cautela

Al finalizar la fiesta, se encontraban en la puerta despidiendo a los últimos invitados cuando aparecieron Alain Murtón y Nick Martínez.

—Espero que hayan disfrutado de la velada. Ha sido un placer compartir con usted y su invitado Sr Murtón.

—El placer ha sido todo mío. Quería aprovechar para pedirle una cita. Deseo enseñarle un nuevo modelo de cámara de seguridad que estoy promocionando; es muy adaptable en los sistemas informáticos de sus hoteles y compañías. Ha tenido buena demanda.

—Lamento decirle que eso tendrá que esperar Sr Murtón, Como ve, mi próximo negocio lo estoy procesando ahora.

Tomó la mano de Sara, pegándola más a su cuerpo, gesto que no pasó desapercibido para el otro hombre, que no se perdía un segundo de la conversación.

—Luego del matrimonio, concertamos cita. Pero puede entregar la propuesta en la oficina para que mi equipo los estudie de antemano.

—Está bien. Gracias. Ha sido un placer conocerla señorita

Sara le respondió con una seca sonrisa:

—Lo mismo digo, señor. Y, por favor, transmítale a su esposa mis sinceros deseos de pronta recuperación.

—Eh— dijo confundido el hombre —gracias, se lo diré. Buenas noches.

Llegó el turno de Nick Martínez, quien observó detalladamente a Sara.

—Nuevamente, gracias a ambos. Espero volver a vernos pronto.

Con una sonrisa de satisfacción, abandonó la casa seguro de que había encontrado el hoyo en el muro del gran Alexander Walts.

Horas después, Alexander, Jack y Sara estaban en el despacho repasando los videos de la fiesta, cuando Alexander señaló a Nick Martínez.

—Ese es el hombre que se presentó. Después que lo vi, me di cuenta de que se pasó la noche observándonos, mirando la casa. Se mezclaba entre la gente. Conversó con dos o tres parejas. No tocó nada que se pudiera utilizar para tomarle las huellas. Se mantuvo alejado de los dos reporteros, de las cámaras de seguridad visibles y no permitió que le tomaran fotos. Muy acertada la idea de camuflar las cámaras de video dentro de las flores. No caben dudas de que es un hombre muy listo. Él tomó sus precauciones, pero nosotros hicimos lo nuestro. ¡Felicidades, Jack!

Jack, pensativo, observaba los movimientos del hombre en el video.

—Me pregunto qué estaría buscando este hombre en particular. Marcus nunca te comento nada sobre esta información que tenía guardada.

—No, estoy completamente seguro que no, recuerda que él se alejó de la familia y no tuvimos más contactos.

—Pero si Nick Martínez vino hasta acá es porque sospecha que están bajo tu poder.

—Yo no conozco sobre eso y tu Sara, ¿sabes algo sobre el tema?

—Pues no. Al igual que Marcus Libby se alejó de mí y no la volví a ver más. Solo supe de ella luego de su muerte cuando recibí a Timothy.

—¿Ese día junto al niño recibió algo más de su hermana? ---Pregunto Jack a la chica

—Sí, una mochila con sus pertenencias junto con la carta donde me explicaba lo del niño.

—¿Aún las conserva?

—Pues claro, es lo único que me queda de mi hermana.

—Por favor señorita, sería tan amable de permitirme revisar las pertenecías de su hermana para encontrar algún indicio de lo que Nick Martínez busca.

—Por supuesto. Ahora mismo se lo entrego todo.

Al regresar entregó la mochila y la carta a Jack, este consiente del valor sentimental que representaba para la chica le comentó:

—Disculpe usted que haya que invadir sus recuerdos, pero le puedo garantizar que el trabajo se realizara con el mayor cuidado.

—Gracias.

Al rato Jack se acercó a la pareja y les comentó:

—Bueno, ya estamos en el juego. Con esto se echa a andar la partida. Ahora tienen que dejarse ver en cada evento o cena formal a la que los inviten. Estoy seguro de que los comentarios de los reporteros de la fiesta de hoy les van a ayudar mucho. En caso de que vuelvan a encontrarse con él, nada de hostilidades, pero sí mucha reserva. Siempre tranquilos pero muy prudentes.

El hombre recogió lo que Sara le había entregado y les dijo:--- Ahora me marcho, me queda mucho trabajo por hacer. Buenas noches.

Alexander y Sara subieron a su cuarto abrazados. Esa noche hicieron el amor de forma apasionada y suave, absorbiendo cada uno el olor y el sabor del otro, como si fuese la última vez. Quedaron saciados y dormidos, uno en brazos del otro.

Capítulo 16

Tras dos semanas de relativa calma después de la fiesta de compromiso, la pareja se convirtió en el centro de atención, eran la sensación del momento. Participaban casi todas las noches en cenas, fiestas o bailes, invitados por todo el mundo. Los nombraron "la pareja del momento"

Los privilegiados que entraban en la categoría de contratados para cubrir el evento tenían asegurado un reportaje sobre su negocio, buscando detalles del gran día. Fue el caso de la tienda de modas, donde la propia dueña aseguró que su equipo era el encargado de diseñar el vestido de la novia, lo que aumentó notablemente la popularidad del local.

Sara le comunicó a Alexander esa mañana:

—Si tengo que salir de nuevo a otra invitación, me corto las venas. Estoy agotada; me duele la boca de mantener una sonrisa. No me explico cómo puedes hablar y estar tan tranquilo con toda esa gente que no hace más que cotillear y preguntarme de dónde he salido yo.

—Eso, querida, se llama controlar emociones. Es algo que aprendí desde pequeño. Cambiando de tema, Jack me comunico que encontró lo que Marcus había escondido dentro de las pertenencias de Timothy.

Sara guardó silencio y escuchó con atención.

—En la carta que Libby te envió hizo mención de un juguete, un oso de peluche que le habías regalado y te pide que lo conserves para el niño, ahí hace alusión a una nota que le enviaste en el accesorio del juguete, por eso el equipo de Jack dirigió su atención a ese particular y resulta que dentro del accesorio en forma de corazón encontraron una memoria USB.

Sara sorprendida respondió:

—Por Dios...—dijo—, es difícil de asimilar que algo que se ha buscado desesperadamente al punto de asesinar, por ello ha estado todo el tiempo ahí escondido, nunca se me hubiese ocurrido revisar ese osito de peluche.

—No te culpes, es lógico que no te dieras cuenta de ese hecho, pues la carta en sí es muy conmovedora y desvía la atención a otro punto.

Quedaron en silencio unos minutos respetando el dolor de cada uno hasta que Alexander lo rompió para cambiar de tema e informarle:

—Me han llamado de la oficina y tengo toda la tarde cargada de trabajo.

—¿Pero no habías hecho los arreglos para que eso no pasara?

—Sí, es cierto, pero hubo un problema en una sucursal en Nueva York y, si no lo arreglo hoy, tendré que viajar allá. Al final no entendí qué fue lo que pasó, pues el personal de allí siempre ha sido muy competente. En fin, voy a echar un vistazo. Por lo tanto, no salgas a nada hasta que yo llegue a casa, ¿entiendes?

Ella sonrió y se acercó a él para contestarle:

—¡Sí! Lo que digas.

—Por otra parte, esta noche deseo hablar contigo; tengo algo muy importante que decirte desde hace días y no hemos tenido tiempo. Cada vez que quiero hablar del tema, nos interrumpen,

Él se acercó y le robó un beso.

—Hasta la noche. Nos vemos.

Alexander salió pensando en la noche. Le confesaría a Sara sus sentimientos. Le haría una verdadera propuesta de matrimonio: que se casaran por amor. Él la amaba y esperaba de ella el mismo sentimiento.

Sara quedó pensativa. Era verdad que su relación con Alexander había mejorado pero ella sentía que seguían siendo solos amantes, nunca le había dicho que la amaba. Aprovecharía esa noche y le declararía su amor. Seguiría los dictámenes de su corazón.

—Señorita, la llama la dueña de la tienda de modas. Dice que está relacionado con el traje de novia —le comunicó la doncella.

—Gracias, Gisela. La atenderé aquí.

—¡Hola, querida! Lamento tanto molestarte, pero he tenido un imprevisto y tu cita de mañana tengo que cancelarla, lo siento mucho, pero te propongo vengas hoy, tal vez dentro de una hora aproximadamente, sé que te aviso con poco tiempo de antelación y por ello me disculpo, pero como te mencione anteriormente tuvimos un imprevisto y si no vienes hoy a esa hora no hay más disponibilidad hasta la próxima semana. —le dijo la mujer con un tono de voz tenso, impostado

Sara notó la incertidumbre en su voz como si estuviera agitada, en sus encuentros anteriores su trato fue muy profesional, por lo que curiosa le respondió:

—Está bien, no hay ninguna objeción en ir hoy. No puedo dejar atrasado lo del traje. Saldré en unos minutos, pero... ¿Te encuentras bien? Te noto algo agitada.

—¡Oh, no te preocupes! Es que tengo mucho trabajo, y esto de cancelar y reajustar citas me indispone, ya sabes... Cuando llegues aquí te cuento. Nos vemos más tarde.

Sara comunicó al guardaespaldas el cambio de cita. Este le explicó la inconformidad con un cambio de planes a última hora. Dijo que tenía que esperar respuesta de sus superiores. Media hora antes de la cita, Sara bajó y encontró al guardaespaldas esperándola. Le explicó que no se podía comunicar con el jefe, que estaba en una misión fuera de la ciudad, pero había pedido ayuda a otro compañero, que se reuniría en la tienda y los acompañaría de regreso a la casa.

Al llegar a la tienda, el cartel de "cerrado" colgaba en la puerta como siempre que llegaba ella. Notó que el portero que le abría no era el habitual.

Saludó al pasar y se dirigió a la oficina de la dueña. En el trayecto no vio a las empleadas que, como siempre, revoloteaban alrededor de los escaparates y ese hecho llamó su atención por lo que se inclinó un poco para observar si estaban en la oficina de la dueña, pero solo pudo ver a esta sentada frente al escritorio. Tocó en el despacho y escucho como le dio permiso de pasar y así lo hizo. Sintió que la sujetaban por detrás. Algo áspero cubrió su nariz y su boca y el mundo comenzó a desvanecerse frente a sus ojos. Entre la bruma alcanzó a escuchar los gritos de la mujer pidiendo auxilio y una cadena de insultos que se alejaban poco a poco, como si la realidad se apagara.

Intentó mantenerse alerta, pero su cerebro se rendía. El rugido de un motor la sacudió justo cuando la puerta se cerró de golpe, Sara apenas podía mover las muñecas: la cuerda se le clavaba en la piel. Insistía en abrir los ojos, pero le pesaban como plomo, alcanzó distinguir la nuca rígida, tensa del hombre que iba al volante.

Ese silencio en el coche que pesaba más que cualquier amenaza, el aire que olía a gasolina y el miedo la aturdió más hasta que cayó en la inconsciencia.

Alexander se encontraba reunido con su equipo. Habían descubierto la causa que provocó el problema en Nueva York y evaluaban los daños. Era inaudito que algo así pasara en su empresa. Ese análisis lo haría después; estaba impaciente por terminar e irse a casa. Tenía algo importante que hacer esa noche.

—Señor Walts, lo llaman urgente por la línea uno.

—Walts al habla... Sí, dígame... ¿Qué está diciendo?... ¡Salgo inmediatamente para allá!

Alexander, mirando al frente y con paso apurado, les dijo a sus compañeros:

—La reunión ha terminado por hoy.

Dentro del ascensor sacó su móvil y le dijo al chofer que echara a andar el auto. Al salir al parqueo, el auto lo esperaba en la puerta con un guardaespaldas de frente a la calle.

Llegó a la tienda como una exhalación. Jack lo esperaba en el interior. Lo miró y le dijo:

—¿Qué ha pasado, Jack? Dime.

—La dueña nos cuenta que hoy, al medio día, se encontraba sola en la tienda —era la hora del almuerzo— se quedó trabajando, cuando sintió que le abrían la puerta del despacho. Eran dos hombres, con máscaras y pistola en mano, ordenándole que llamara a Sara y la trajera hasta aquí con cualquier excusa. Ella se negó, pero la amenazaron con dispararle y quemar el local. Obedeció y al rato Sara estaba aquí. Dice que, nada más entrar, la drogaron y se la llevaron. A ella la amordazaron y la ataron a la silla, y así la encontraron las empleadas.

Alexander miró su reloj.

—Dijiste que fue a la una; ya son las tres y media. Nos llevan dos horas de ventaja. ¿Por dónde entraron? ¿Forzaron la entrada a pleno día?

—No. Lo hicieron por la puerta trasera. Indicaron al portero que les abriera por atrás para realizar una inspección de rutina por plaga y el hombre les abrió. Aprovecharon para amarrarlo y meterlo en el clóset de los útiles de limpieza.

En ese momento, la dueña del local salió a toda prisa; al ver a Alexander, se acercó alterada. Le tendió la mano e inmediatamente comenzó a pedirle disculpas.

—¡Lo siento mucho, señor Walts! ¡De veras lo siento! Tuve que hacer lo que me mandaron, pues me amenazaron. Cuando la adormecieron, yo les gritaba y pedía auxilio, y me iban a golpear... —dijo entre llanto.

—Tranquila, cálmese. Necesito hacerle unas preguntas y, por favor, trate de pensar en algo que nos dé una pista.

Ella respondió que sí con la cabeza.

—¿No les vio ningún rasgo? ¿Un tatuaje, una marca, algo con qué identificarlos?

—No. Venían enmascarados, con pasamontañas. No les pude ver ni el color del pelo. Traían guantes y vestían todo de negro: chaqueta y pantalón, todo de cuero.

—¿Quiénes sabían que Sara vendría hoy aquí? —preguntó Jack.

—Bueno... a ella no le tocaba hoy, sino mañana. Es política del centro no dar esa información para lograr la privacidad del cliente y así evitar a los paparazzi. O sea que ella debe de habérselo mencionado a alguien. Ahora, en las entrevistas que nos hicieron los medios sí se dijo que esta casa de modas era la seleccionada por la familia Walts para la confección del traje de la novia. Nunca se dijo nada de la hora y el día de las citas.

No tengo conocimiento de alguien haya preguntado por la cita de la señorita.

—¿Y alguna empleada lo habrá comentado? —preguntó Jack.

—Las haré llamar ahora mismo y lo sabremos de inmediato.

Volviéndose hacia Alexander, repitió:

—Lo siento mucho, señor. Es una verdadera pena... La señorita Sara es encantadora. Lamento que esto haya ocurrido en mi local.

Salió a buscar al resto del personal.

—Vamos, Jack, acompáñame a ver al portero y verificar su versión de los hechos.

El hombre estaba sentado en una silla, con una bolsa en la cabeza. Lo habían golpeado cuando se resistió al ataque.

Jack se dirigió a él:

—Perdone que lo moleste de nuevo, pero quiero presentarle al señor Walts. Él es el prometido de la mujer que ha sido secuestrada hoy. Queremos hacerle algunas preguntas, si es que puede hablar.

El hombre se puso de pie y le dio la mano a Alexander.

—Pregunte lo que desee. Le responderé todo lo que pueda recordar

Comenzó Jack:

—¿Había visto alguna vez a estos hombres?

—Solo logré ver a uno, pero no lo había visto nunca. Fue el que se acercó a decirme que estaban haciendo una revisión de rutina, lo cual es normal, y en este mes no la habían hecho; por eso no me extrañó.

—¿Podría identificar al hombre si lo viera o hacer un retrato hablado para buscarlo en la policía?

—Sí. Si lo veo, lo reconozco inmediatamente y recuerdo su rostro perfectamente. Su voz era normal, no parecía extranjero. Todo fue muy rápido. Cuando vine a ver, ya los tenía a los dos encima y me metieron en el clóset con un golpe en la cabeza. Lo siento —dijo, compungido.

—Pues acompáñeme, por favor, para enseñarle algunas fotos o hacer el retrato hablado.

—¿Recuerda el coche en que llegaron? —preguntó Alexander.

—Era una camioneta blanca cerrada, con doble puerta en la parte de atrás. Tenía el logo de fumigación de la compañía que realiza ese trabajo.

Jack se volvió hacia Alexander:

—Vamos a tu casa. Ahí ubicamos el centro de mando. Seguro que se ponen en contacto contigo allá.

Salieron los tres hombres a comenzar las pesquisas para averiguar el paradero de Sara.

CAPÍTULO 17

Alexander estaba hecho un tigre enjaulado dentro de su propia casa. Habían transcurrido muchas horas desde la desaparición de Sara y no tenían nada en concreto. El hombre de la tienda reconoció una de las fotos que Jack le había enseñado: correspondía a uno de los matones de Nick Martínez. Lo peor era que no sabían nada del paradero de Sara.

Alexander tenía miedo; por primera vez, desde la muerte de su madre, sintió aquel pavor aterrador que no le permitía pensar ni mantener la calma,

El timbre del teléfono sonó en la habitación como una alarma que indica que el juego está comenzando, se acercó y junto a él sus amigos Jack y Preston.

—Walts al habla...---Silencio.

—Hola...---nuevamente silencio al otro lado de la línea.

—Hola, ¿quién habla, quién está ahí?

Esta vez, luego de unos segundos Alexander escuchó una voz distorsionada, muy aguda al otro lado de la línea, quien tranquilamente le dijo:

—Tenemos a tu mujer, si la quieres viva tienes que darme algo a cambio

—Que quieres de mí.

Una risa fría y seca se escuchó al otro lado de la línea.

—Tienes algo que me pertenece y lo quiero de vuelta ya.

—No sé de qué me hablas. Yo no tengo nada de nadie, en cambio, tú sí tienes algo que me pertenece.

—y es mejor que no lo olvides.

—Si le haces algo te...

Alexander fue interrumpido por su interlocutor

—Qué, ¿qué me vas a hacer?, ¿no entiendes que aquí el que manda soy yo?, soy quien tiene el juego a su favor, tú solo obedece y devuélveme lo mío.

—Ya le dije que no se dé que habla.

—Bueno, ya le diré más adelante de que se trata, por ahora quiero dinero

—¿Cuánto pides?

El hombre le dijo una suma exorbitante.

—... Necesito más tiempo para reunir esa suma, a esta hora me es imposible negociar con los bancos.

—Solo recuerda que su vida depende de ti.

—... Si la tocas te juro que...—le dijo Alexander en tono amenazador

Jack frente a él le hacía señales para que se mantuviera tranquilo y que conversara más para dar tiempo a rastrear el número.

—Ja ja ja, vaya, tienes agallas aun para amenazarme, veremos si te mantienes así cuando recibas poco a poco las partes del cuerpo de esta exquisita y hermosa mujer que es lo que sucederá si no reúnes el dinero y me entregas lo que es mío.

Alexander, conteniendo su impotencia, le contestó lo más calmado posible, Jack y Preston escuchaban la conversación entre los dos hombres.

—Veré lo que puedo reunir. Necesito pruebas de que ella está bien.

—No vas a recibir nada. Recuerda este sonido: Tic-toc, tic-toc es el reloj corriendo y con él la vida de tu mujer.

—Maldito...

Alexander no pudo continuar, pues la conversación se cortó. Inmediatamente miró a su amigo Jack que estaba frente a él y le dijo:

—Se cortó la comunicación. Dime que lograste rastrear el número.

Jack escuchaba el reporte de su gente desde su móvil. Colgó, frunció los labios en actitud de derrota y le dijo que no con la cabeza. Jack le explicó que la llamada se hizo desde un teléfono móvil prepago, por lo que no se pudo localizar.

El miedo y la furia que sintió Alexander en ese momento lo llevaron al límite y la desesperación al punto de golpear la pared con el puño.

Pasaron un par de horas sin señales ni noticias

Preston intentó calmarlo llamando su atención:

—Muchacho, vas a abrir un hueco al piso; cálmate, por favor, te va a dar algo. Jack está haciendo lo suyo; hay que esperar.

Alexander seguía de un lado a otro sin escuchar. En su mente tenía la imagen de Sara asustada, sola, encerrada y atada y... Se negó a pensar en lo peor. No podía ser. Si algo le pasaba a esa mujer, él mismo iría a buscar a Nick Martínez y lo haría sufrir con las torturas más horrendas que se le puedan ocurrir a un ser humano antes de matarlo con sus propias manos.

En ese momento entró uno de los guardaespaldas de Alexander.

—Señor, en la sala está el hombre que trabaja en la tienda que fue atacada por los secuestradores. Dice que quiere verlo a usted o al jefe Jack. Se acordó de algo importante.

Alexander salió de inmediato al encuentro del hombre.

—Señor, recordé a medida que el dolor de cabeza fue disminuyendo que, cuando estaba encerrado en el clóset, la puerta no quedó bien cerrada y escuché claramente al hombre que habló conmigo decirle al otro, en lo que se ponía el pasamontañas que había que terminar rápido con el trabajo porque debía ir al puerto a recoger mercancía. Con esa paga se irían a celebrar al club de striptease Luna Azul.

Alexander le dio las gracias al hombre y le dijo a Preston:

—¡Localiza urgente a Jack! ¡Cuéntale todo y dile que lo veo en ese local!

Refiriéndose al guardaespaldas:

—Acompaña a este hombre a su casa. Y usted, amigo... —le dio la mano—. Le estoy sumamente agradecido. Lo recompensaré por esto.

El hombre respondió:

—No, señor, no tiene nada que darme ni que agradecerme. Es un placer ayudar a que encuentren a esa señorita. Ella es muy buena. Es de las clientas que, cuando llegaba a la tienda, saludaba. Me trataba como a un igual, no como a un empleado. Por eso deseo que todo salga bien y que usted la encuentre.

El hombre se marchó y Preston le dijo a Alexander:

—Muchacho, ten mucho cuidado; no cometas una imprudencia. Mira que a ti te conocen: si te ven, adiós a encontrar a Sara. Le pueden hacer daño a ella y a ti. No vayas solo... mejor espera a Jack.

—¡Tranquilo! Sé cómo actuar. Quédate aquí por si vuelven a llamar y diles que estoy reuniendo el dinero. Me llevo el móvil. Dile a Jack que lo veo en el club. ¡Deséame suerte, amigo!

—Bueno, hijo... suerte, y cuídate. Sé prudente...

Esto último Alexander no lo oyó: corría ya hacia el coche, que arrancó con su guardaespaldas al lado.

Cuando llegaron al club, Alexander aparcó a una cuadra. Él y su acompañante esperaron, ocultos, la entrada de los clientes.

Al cabo de unos minutos vieron llegar, en un coche, a dos hombres vestidos de traje; y concordaban con la descripción del portero de uno de los hombres que lo atacó. Esperaron a que entraran y, acto seguido, Alexander y su acompañante hicieron lo mismo.

Divisaron a los hombres, sonrientes, sentados en una mesa y rodeados de dos chicas. Alexander ocupó una mesa al otro lado del salón y le explicó al guardaespaldas:

—En cuanto las chicas se alejen, nos acercamos. Tú coges al pequeño y yo al otro. No lo dejes escapar. Neutralízalo rápido: deben estar armados.

Pasaron unos minutos y al ver las chicas alejarse hacia la barra Alexander le dice al otro:

—¡Ahora es el momento!

Todo ocurrió muy rápido, comenzó el forcejeo entre ellos, Alexander luchaba con su oponente que era un hombre tan fornido como él. Los puños volaban entre ellos para estrellarse en el rostro de su adversario. Alexander impulsado por la adrenalina golpeó al hombre fuertemente en la mandíbula, lo atrapó por la solapa del traje para asestarle un puñetazo final cuando sintió de repente un fuerte golpe en la cabeza que lo dejo desorientado y sin fuerza hasta caer al piso.

El dolor tan fuerte de cabeza lo hizo despertar, abrió los ojos y se encontró con los dos hombres que tuvo el enfrentamiento, miro a los lados en busca de su compañero, pero estaba solo amarrado a una silla en un lugar desconocido para él. Uno de los hombres hablaba por el móvil con otra persona. Alexander supo de inmediato que se trataba de Nick Martínez.

El otro al verlo despierto, se acercó y le acertó un puñetazo que partió su labio. Alexander respiró profundo, giro la cabeza, escupió la sangre de su boca para luego mirar a los hombres con furia.

Cuando el hombre cuelga el teléfono, se dirige al prisionero:

—Estás vivo aún porque el jefe así lo quiere, pero si por mí fuera ya tuvieras dos balas en esa cabecita— y le acertó un manotazo fuerte en la cabeza de Alexander.

—Ahora dime dónde tienes guardado los documentos que te dio tu hermano.

Alexander miró al hombre y le contestó con voz firme:

—No sé de qué documentos hablas.

—No te hagas el listo conmigo, tú sabes de lo que hablo: mi jefe los quiere de inmediato junto con el dinero que te pidió por el recate de tu mujer. Mejor dime donde están los papeles y el efectivo, o sabes lo que pasará. Y por si necesitas que te lo recuerde— añadió el hombre con los ojos fríos —primero acabo con tu mujercita frente a ti y luego sigo contigo.

Ante la mención de Sara, Alexander se agitó contra las ataduras que le inmovilizaban las manos y los pies y, con rabia contenida, escupió a su atacante:

—No te atrevas a tocarla maldito.

Las risas de satisfacción de los secuestradores al ver a su víctima indefenso e imposible de defenderse retumbo en aquel húmedo y oscuro lugar. El cuerpo de Alexander recibió otra serie de golpes, pero aun así el deseo y la convicción de resistir el ataque mantuvo al prisionero despierto y coherente.

Los agresores ante aquel hecho recurrieron a otros objetos que tenían a mano para golpearlo. Uno de ellos levantó un tronco con fuerza para golpear crudamente a su víctima, pero en ese momento se escuchó una voz fuerte que le ordenó al hombre.

—Baja eso ahora mismo o será peor para ti

El hombre confuso y temeroso al sentirse atrapado obedeció de inmediato y en cuestiones de segundos estaba neutralizado por un grupo de hombres del equipo de rescate.

—Quedan arrestados en nombre de la ley.

Alexander dejó ir el aire contenido para recibir el golpe y escucho a su amigo Jack mientras le quitaba los amarres:

—¿Te encuentras bien? ¿Estás muy herido?

—Todo lo bien que pueda estar alguien luego de una paliza, solo mi orgullo resultó malparado. Y Sara, ¿cómo está?

—Todavía prisionera, pero a estos dos no los llevamos de inmediato para interrogarlos

—Vamos, no perdamos tiempo.

Alexander se dejó auxiliar de Jack y se marcharon de allí hacia la comisaria El tiempo apremiaba: solo quedaban tres horas para la entrega del dinero y, si el enemigo se sabía descubierto, la vida de Sara peligraría aún más.

En la comisaría, en el área de interrogatorios, estaban Jack y el inspector jefe con uno de los detenidos. Uno de los apresados, al saberse identificado por un testigo y con la promesa de un trato con el fiscal por su cooperación, declaró todo, incluso dónde tenían a Sara escondida.

Tanto la policía como los hombres del equipo de Jack tenían experiencia en estos casos por lo tanto la operación de rescate se dividió en dos grupos. El despliegue policial se intensificó para ir en la captura de Nick Martínez; y el otro grupo, a rescatar a Sara.

Jack repasaba el plan en el auto. Alexander iba rogando que Sara estuviera bien, que no estuviese herida, que no le hubiera pasado nada,

Llegaron al lugar: un bloque de edificios cerrado por derrumbe. Hicieron el reconocimiento perimetral.

Descubrieron, en un cuarto, a cuatro hombres frente a una mesa, jugando a las cartas y fumando. En otro, completamente cerrado, se suponía que estaba Sara. Para entrar donde ella, tenían que pasar primero por el cuarto de los hombres.

Comenzó la acción. Se sintió una explosión al derrumbar la puerta, el humo de los gases lacrimógenos se apoderó del local, se formó la confusión por los sorprendidos y se escucharon dos, tres disparos. El equipo de rescate logró entrar cubriéndose entre ellos, Alexander entró de último y pudo observar como neutralizaban a los secuestradores.

Se dirigió a la puerta del cuarto donde debería estar Sara prisionera y al entrar uno de los secuestradores que no se encontraba en el otro cuarto a la hora del ataque, pues había ido a verificar en ese momento el estado de su víctima, tenía la pistola apuntándole a la cabeza de la chica.

—¡Si das un paso más, le vuelo la cabeza! —gritó, asustado.

El rostro de Alexander, hinchado y ensangrentado por los golpes recibidos se convirtió en una máscara de odio puro. Se acercó al hombre con paso lento, la mirada clavada en él

—Si lo haces— se acercó al hombre con paso lento, la mirada clavada en él y le dijo con voz fría —será lo último que hagas. Te aseguro que no saldrás de esto como entraste. Me encargaré personalmente de que pagues cada daño que le hayas hecho. No será una muerte rápida, te haré sentir, hasta que entiendas lo que hiciste.

Jack lo tenía rodeado: sus hombres formaban un círculo protector y con los rifles al hombro, apuntaban sin titubear. El sujeto blanco de miedo, se vino abajo y dejó caer el arma. Soltó a Sara, que corrió directo a los brazos de Alexander.

El encuentro fue la prueba viva del amor que los unía. Se abrazaron con desesperada ternura. Los besos brotaban entre lágrimas, mezcla de alegría, miedo e incertidumbre. Lloraban como quienes se reencuentran tras de largos años de ausencia, descargando en ese instante todo el dolor de la espera y la fuerza de un cariño indestructible.

Él la recorrió con las manos, buscando con ansiedad cualquier herida. Al comprobar que estaba a salvo, volvieron a abrazarse, hasta que las fuerzas se agotaron y cayeron juntos al suelo. No hablaron. No había necesidad de palabras: bastaba con mirarse.

Así los encontró Jack, que se abrazó a ellos y dijo:

—¡Vamos, salgamos de aquí! El coche nos espera. Vamos de inmediato a curar esas heridas.

Jack salió primero; Sara y Alexander lo siguieron, aún abrazados. En el trayecto, Jack le explico que en la lucha del bar el otro secuestrador había herido al hombre que acompañaba a Alexander, eso permitió que Alexander fuese golpeado con una silla. Afortunadamente, el herido pudo esperar hasta recibir ayuda, y antes de caer logró colocarle un localizador al atacante. Fue él quien le contó ese dato a Jack, y les permitió rastrearlos a su guarida

Llegaron a la casa y encontraron en la sala a Timothy, sentado sobre una manta. Al ver a Sara, se lanzó hacia ella gateando, con la fuerza y energía de un niño de su edad. En su rostro llevaba la sonrisa más linda que puede regalar un niño a sus seres queridos; enseñaba los dos dientecitos de arriba que le estaban saliendo. La alegría fue completa. Los tres se abrazaron y rieron sin parar.

Esa noche, ya en la cama, después de las curas y un buen baño reparador , Alexander le confesó a Sara en voz baja:

—Nunca imaginé que un solo hombre pudiera sentir tanto miedo... Hasta que lo que más ama en esta vida está en peligro.

—Confíeseme algo---dijo ella mirándolo a los ojos---
¿Hablabas en serio cuando le dijiste a ese hombre lo que le
harías si me disparaba?

—Gracias a Dios no tuve que demostrarlo.---respondió
con voz suave, pero firme--- Al muy canalla ni se le ocurrió
tocarte un solo pelo. Si lo hubiera hecho, te juro que habría
pagado con creces, no hay nada que no haría por protegerte.

—Oh, cariño... tuve tanto miedo de no volver a verte
jamás, de quedarme sin la oportunidad de decirte cuanto te
amo y no poder decirte cuánto te amo. Desde el día en que te
conocí te convertiste en mi obsesión secreta. Te deseaba, y al
mismo tiempo te repudiaba, te repudiaba porque me asustaba
lo que me hacías sentir. Una vez más el destino interfirió en
mi vida, pero en esta ocasión me permitió conocer al amor de
mi vida. Solo lamento que Marcus y Libby no hayan tenido
tanta suerte. Me consuela pensar, que al menos, mi hermana
alcanzó a conocer el amor, tanto de una mujer como de una
madre.

—Es cierto, cariño. Ahora comprendo muchas cosas que,
en su momento, no entendía: todo lo que tuvo que pasar
Marcus al sentir que la mujer que amaba y su hijo estaban en
peligro. Aprendí que no debes dejar nada para después, que
no debemos posponer ni las palabras ni los gestos, porque en
un minuto, la vida puede dar un giro y cambiarlo por todo.
Lo digo porque el día que te secuestraron iba a confesarte mi
amor y a pedirte que fueras mi esposa de verdad. No lo hice
antes por inseguridad, por miedo y estuve a punto de perder
la oportunidad de decírtelo para siempre. Por eso, a partir de
hoy, todos los días de mi vida, sin cansarme jamás. Cuánto te
amo.

Epílogo

Semanas después del rescate, la prensa informaba de la caída de la banda de El listo. Nick Martínez había sido capturado en la frontera mientras intentaba huir del país. Diez de sus miembros cayeron en la redada final y permanecían bajo custodia judicial. El fiscal anuncio que dada las pruebas reunidas contra los acusados, el proceso sería preparado con minuciosidad, sin importar cuánto tiempo tomara.

Las evidencias presentadas por la familia Walts en el caso contra Martínez relevaban la implicación de altos funcionario, lo que obligaba a la fiscalía a tomarse el tiempo necesario para llevar adelante un juicio impecable.

El poder y la influencia de Martínez lo precedían. Incluso tras las rejas disfrutaba de privilegio: una celda para él solo, compañía de su guardaespaldas y condiciones superiores a las del resto de los reclusos. Mantenía su propósito inicial ahora convertido incentivo de vida: acabar con la estirpe de la familia Walts. Desde allí, en la aparente calma de su encierro, trazaba con paciencia su próxima misión: la fuga.

Sara estaba arrodillada frente a la tumba de su hermana y de Marcus, sosteniendo un ramo de frescas rosas blancas. Se cumplía un aniversario más de sus fallecimientos, y por primera vez sentía que podrían descansar en paz. Con el matrimonio, Alexander y ella se habían convertido en los padres legales de Timothy, cerrando un ciclo de dolor con la promesa de un nuevo comienzo

Alexander, con Timothy en brazos, se situó detrás de Sara y la ayudó a incorporarse. El vientre de ella, ya crecido por el embarazo, le pesaba visiblemente

—Vamos, amor, ya el niño está incómodo; y tú necesitas descansar.---dijo él con ternura.

—Sí, es cierto, cariño.---respondió ella con una sonrisa cansada.-- El dolor en la espalda me está volviendo loca

— Esta noche te daré ese masaje que tanto te gusta.

—Puedes estar seguro de que no pienso perdérmelo por nada..— contesto entre risas.

Juntos se marcharon, abrasados a la promesa de la felicidad. No por deber ni honor, sino por algo más fuerte: un amor verdadero.

Fin.